U0591762

岭南名著丛书

林雄 顾作义 主编

断鸿零雁记

导读本

苏曼殊 著

罗韬 整理导读

SPM 南方传媒

广东人民出版社

·广州·

图书在版编目（CIP）数据

断鸿零雁记：导读本 / 苏曼殊著；罗韬整理导读. —广州：广东人民出版社，2024.5
（岭南名著丛书 / 林雄，顾作义主编）
ISBN 978-7-218-16348-2

Ⅰ. ①断… Ⅱ. ①苏… ②罗… Ⅲ. ①长篇小说—中国—现代 Ⅳ. ①I246.5

中国版本图书馆CIP数据核字（2022）第248101号

DUANHONG LINGYAN JI（DAODUBEN）
断鸿零雁记（导读本）
苏曼殊 著 罗韬 整理导读

出 版 人：肖风华

策划编辑：王俊辉
责任编辑：李展鹏
责任技编：吴彦斌 马 健

出版发行：广东人民出版社
地 址：广州市越秀区大沙头四马路10号（邮政编码：510199）
电 话：（020）85716809（总编室）
传 真：（020）83289585
网 址：http://www.gdpph.com
印 刷：广州市豪威彩色印务有限公司
开 本：889毫米 × 1194毫米 1/32
印 张：5.25 字 数：120千
版 次：2024年5月第1版
印 次：2024年5月第1次印刷
定 价：38.00元

如发现印装质量问题，影响阅读，请与出版社（020-85716849）联系调换。
售书热线：（020）87716172

《断鸿零雁记》导读

一

曼殊的魅力至今不没。他可以说是历史上一位作品流传众口、妇孺能解、赢得青年的古典诗人，又是一位凭借现代报刊媒介，获得广泛传播效应的明星式诗人、小说家。他，既是古典文学的一抹灿烂夕阳，又是文化转型中的一颗启明星。

我们先看晚清一个著名的诗歌传播故事。风华绝代的诗人樊樊山，于光绪中叶任官陕西，在灞桥的驿舍墙壁上题下一首七绝：

柳色黄于陌上尘，
秋来长对翠眉颦。
一弯月更黄于柳，
愁杀桥南系马人。

此诗意象宛转而情韵深长。数年后，谭嗣同也落脚此驿舍，拂去壁上尘土，看清了此诗的墨迹，回环唱诵，叹为绝调，誉比“贞元乐府”。此事记入了他的《莽苍苍斋笔记》，当时谭氏还不知道此诗作者是樊樊山。这成就了一段好诗流传的佳话，也更增加了樊樊山的诗名。

樊樊山（樊增祥）年长于曼殊，但可称为同时人，二人基本没有交集，唯一的交汇点就是他们都曾为名伶贾碧云写过“捧角诗”。但他们的风调却分明是两代人，樊樊山还是属于古典的，他题诗的时候，中原大地还没有现代报纸，此诗的传播媒介还是一千多年以来的题壁这一方式，作者心中期待的也是吟鞭暂驻的士大夫。而曼殊的诗歌，多发表在二十世纪初新创办的报刊，如发行于日本、上海等地的中文报刊《生活日报》《国民日报》《民报》《南社》《太平洋报》《民国杂志》《新青年》《甲寅》上。他面对的是大众读者，尤其是青年读者，也包括部分的妇女读者。让我们先读他三首绝句：

春雨楼头尺八箫，
何时归看浙江潮？
芒鞋破钵无人识，

踏过樱花第几桥。

碧玉莫愁身世贱，
同乡仙子独销魂。
袈裟点点疑樱瓣，
半是脂痕半泪痕。

偷尝天女唇中露（此译拜伦句），
几度临风拭泪痕。
日日思君令人老，
绿窗无语正黄昏。

他的诗，不待专家赏析导读，直指人心，浅而不薄，快而不滑，白而不俗；像一溪桃花流水，澄澈明丽；像一段浅浅的哀曲，哀感顽艳。读者不一定有禅、情之间的角色冲突，但谁没有色与戒、欲与理之间的纠结呢？从来没有人，把这些人心深处的矛盾，说得这样真切，这样哀怨，又这样明净。他的作品言近意远，语浅韵深，轻易地叩响人们的共鸣之弦。

郁达夫评说曼殊的诗“出于定庵《己亥杂

诗》，而又加上一脉清新的近代味。所以用词很纤巧，择韵很清谐，使人读下去就能感到一种快味”（《苏曼殊全集 · 附录》）。何谓“近代味”“快味”？郁达夫没有作进一步分析。我的理解是，首先当然出于曼殊的率真任性；其次来源于曼殊新的知识结构和敏锐的媒介把握——报刊媒介与文学作品二者之间的相互塑造。曼殊是有丰富媒体经历的，故其笔下诗文，自有一种对凡众说法的平易和魔力。报刊明显不同于古典的题壁，用传播学的术语来说，报刊属于“热媒介”，墙壁属于“冷媒介”；曼殊的诗，就因这种媒介之“热”，型塑了自己独有的风格，也改变了旧有文体的调性。它不待名公品题，时贤推许，已然风靡天下。

报刊作为诗的新传播媒介，自然唤起文体的革命。如日本正冈子规正是在《日本新闻》上倡导“俳句革新”，从而与夏目漱石等追随者一起形成俳句上的“《日本》派”。而曼殊的报刊体诗也不是孤生的，曼殊与他所属的南社的诗人，都在实践上作过这样的努力。正如傅钝根说的：“海内之士飙发云起，人奋笔，家振响，通都大邑率有日报以相鼓吹，则又多南社人士所萃，互引并进，声应气求。”（《南社序》）。

而与他们约略同时的，则是黄遵宪、梁启超、夏曾佑等发表于《新民丛报》上的所谓“新体诗”，大都也可称之为报刊体诗。他们的诗，与当时居于主流地位的同光体固然很不一样，与樊樊山那种流丽雅俊的晚唐体也不一样。《新民丛报》上的诗与南社的诗，可谓行今人之行而言今人之言，显而不晦，新而不古，并且都与龚定庵（龚自珍）诗有一定渊源关系（参钱锺书《谈艺录》），也可说有“近代味”与“快味”。

曼殊等南社中人，与梁启超、黄遵宪、夏曾佑在政治思想上有很大分歧，分属革命派与维新派。但曼殊诗文与梁启超等提出的“诗界革命”“文界革命”“小说界革命”虽有异志分途的一面，更有同频共震的一面。他们所同之“频”，正是现代报刊所体现的媒介革命。与旧媒介比，报刊的阅读频次、阅读对象、阅读目的的改变，使得附丽其上的每一种文体都发生新的化学反应，从而改变了旧有文体的风格和样态。

再说文章。曼殊的《释曼殊代十方法侣宣言》《女杰郭耳缦》（案：郭耳缦即美国著名无政府主义者戈尔德曼）、《呜呼广东人》等名篇，情怀激荡，笔锋饱醮感情，与梁启超的“新文体”没有区别，同属于以报刊为媒介的“觉世之文”，而不同于旧日士大夫所追求的“传世之文”。曼殊发表在报纸副刊上的《燕影剧谈》等文章，因一事之触而发声，因一时之感而落笔，是白话文时代“语丝体”文章的先声，也是一百多年副刊文章的先声。

最后谈小说。曼殊的小说《断鸿零雁记》，先在报纸杂志上连载，是典型的报刊小说，与以前的话本、笔记体小说不同。所谓“新闻主攻，副刊主守”，而“守”得最有效的，就是小说连载，它最能增加读者对报刊阅读的连续依赖性。造成影响后，再结集单行，然后演为戏剧，甚至拍成电影，译为外文，进一步转变其传播方式并扩大传播范围。《断鸿零雁记》正是最早演绎这一衍进逻辑的报刊体小说。其与报刊间的互动影响，横可以与法国大仲马、美国爱伦·坡、英国狄更斯的小说相印证；从纵向来说，《断鸿零雁记》则开后来礼拜六派小说、武侠小说等大众文学、市民文学的先河。

总之，曼殊的报刊体诗、报刊体文、报刊体小说，不新不旧，亦新亦旧，使他成为旧文学的后劲，新文化的先驱。

二

曼殊之成为曼殊，有他与众不同的经历。他是中日混血儿，出生于横滨一个关系复杂的华侨家庭，生活学习的地方多在开放的口岸城市——横滨、香港、上海，他所受的教育并非传统，亦不系统，西学受到西班牙传教士庄湘的悉心教育，国学受章太炎、陈独秀的日夕熏染，佛学得亲炙于杨仁山，这使他的知识结构与传统士人或学院派留学生都有极大区别。

曼殊祖籍是广东香山（今珠海）人，俗姓苏，名戬，字子谷，曼殊是他出家后的法号。1884年出生于日本横滨。生父是香山买办，生母为地位低下的日本侍女，生下曼殊后即离去。曼殊得到庶母日本人河合氏悉心养育，六岁即离开河合氏随父亲大母回到家乡。从此远离抚育自己的母亲，更因其身世的特殊而受到乡间大家庭的歧视，自小饱受羼病之苦。曼殊对自己的血统一直存疑未解，这在他的心灵中种下敏感而抑郁的种子，也是他内心有“难言之恫”的初因。他少年时代辗转求学于上海、香港和日本早稻田大学高等预科。在日期间，曾加入青年会、拒俄义勇队等中国留学生组成的激进革命组织，为旅日长辈不容，被迫回国。曼殊在坐船归国途中，以假遗书寄日，自言蹈海而死，遂与家庭决裂。经诸种幻灭，愤然于广东剃度出家。从此半僧半俗，超尘玩世，游方无定。他编过报，教过书，通英文、日文、梵文，是革命和尚，是情僧，是诗僧，是学僧，是画僧，一生危言畸行，妙手空空，又着手成春，行事于浪漫与颓废之间。

当其激越入世之时，曾在香港要拔出手枪，誓言亲手刺杀保皇党康有为，被陈少白力压方止。

当其虔诚出世之时，则效法玄奘，托钵西游，担经万里，远赴暹罗、锡兰等地，学习梵文，求法问道。

当其沉潜学海之时，则著书编书，著有《梵

文典》《粤英词典》《汉英三昧集》等书，译有雨果的小说《惨世界》，以及拜伦诗、雪莱诗、彭斯诗。

当其放浪形骸之时，则身着袈裟，青楼呼酒，征歌逐色。尽管佳人环座，却守身如玉，不破禅定。席间偶闻妓女自道身世之苦，即倾囊与之，一文不留。

当其一纵嗜欲之时，要买吕宋雪茄烟，而囊中无钱，即敲碎口中金牙，换钱买烟。又体弱多病，却暴饮暴食，曾饮冰五六斤，至不能动，人以为死，仅余气息，翌日饮冰如故。后果然死于肠胃病，年仅三十四岁。友人将他营葬于杭州西湖之畔。

他一生交游广阔，颇受友人喜爱。无论是陈独秀、鲁迅、周作人、郁达夫、刘半农，还是章太炎、刘师培、黄侃、于右任、柳亚子，都或帮助过他，或欣赏过他，或赞誉过他。人们爱他的作品，更爱他的人格，也同情他有“难言之恫”的身世。

三

《断鸿零雁记》是曼殊的一场春梦，而不是他的生活实录；是有自传色彩的小说，而不是自传。它真实袒露了曼殊的心路历程，但不能认作是他的生活回忆。它讲的是一个少年和尚在渡海寻母过程中的两段凄美爱情故事，记录了他对自然与女性之美的流连，更描述了他对情与禅、色与戒的矛盾纠结，还包含了他对中国世俗社会现状、佛教社会实况的批判。这本小说的内容大于情节。曼殊一旦把它写成了，脱手而去，即独立而圆转；它与曼殊的诗，相互映照，相互宣发。

《断鸿零雁记》发表于1912年一度由他主笔政的《太平洋报》上。曼殊熟悉日本文化，他的小说颇受1907年后流行于日本的“私小说”影响。“私小说”也是寄生于报刊的小说类型。曼殊正是这一时期开始写作《断鸿零雁记》的。“私小说”必是第一人称小说，与中国此前的话本、传奇、笔记体小说迥然不同。“私小说”的第一人称不是全知叙述，而是只聚焦于一己的目光，述一己的亲历目睹，因而更具真实感；“余”（或“我”）所叙述之事，入于眼，了于心，出于口，内心表达细微真切，容易让读者产生代入感，因而更具贴近性。《断鸿零雁记》一经发表，倾倒无数青年男女。

《断鸿零雁记》有三大特点：

第一，情与禅互为彼岸。

曼殊一生，欲证菩提，却不能忘情。故只能于情海之中，以禅境为彼岸；于法戒之下，以绮情为彼岸。两岸难及，自成孤岛，也自成一境。正如他所自述：“还君一钵无情泪，恨不相逢未剃时。”这一层意思，写在诗中，更体现在小说中。

主人公三郎本与雪梅自幼订有婚约，后雪梅父母嫌其家道中落而悔婚，替女儿另订婚约，三郎为了令贞洁的雪梅安心另嫁，也求得自身了断情丝，脱出苦海，决意剃度出家，为三戒俱足之僧。毕竟在寺中常常难抑思母之情，于是易服下山，幸遇旧时乳母，根据她的忆述指引，遂东渡日本，开始一个僧人的俗世寻亲之旅。

在冬雪漫天之际，横滨的河合夫人府温暖如春。这时，暂换常服的三郎与姨表姐静子相遇。静子密发虚鬟、丰姿娟媚，深知书理，慧秀孤标，对三郎可谓一见钟情。而经过一番交往，赏画论学，三郎对静子的才华人品也十分倾慕，但毕竟自己身为僧人，既证法身，当远离色欲之界。然而，情关未尝不是修佛必由之世间法，情劫愈深，证悟愈深。所以曼殊亦不惮把两情之悦写得深切入骨。从静子与三郎初见，娇羞生晕；到再次见面时，两目相遇：

> 少选，香风四溢，陡见玉人靓妆，仙仙飘举而来，去余仅数武，一回青盼，徐徐与余眸相属矣。余即肃然鞠躬致礼。
>
> 尔时玉人双颊虽赪，然不若前次之羞涩至于无地自容也。

到了渐次深谈，已是不忍就别，有杨柳依依之态：

> 玉人蹙其双蛾，状似弗惬，因俯首低声曰："三郎，明朝行耶？胡弗久留？吾自先君见背，旧学抛疏已久。三郎在，吾可执书问难。三郎如不以弱质见弃，则吾虽凋零，可无憾矣。"

写临到远别时海边的相会，则打破旧有禁忌，肌肤相贴：

> 静子自将笺帕裹之，谨纳余胸间。既讫，遽握余臂，以腮熨之，嘤嘤欲泣曰："三郎受此匆戚，愿苍苍者佑吾三郎无恙……"

这样丝丝入扣，步步深入的描写，细致而尽情。

但一个僧人如何面对这一理与欲、禅与情的矛盾呢？他先是想，为什么不能像日本的净土真宗，可以带妻，且于庙中行结婚之礼，但他终于还是回到中国佛教的法戒之中：

> 余谛念彼姝，抗心高远，固是大善知识，然以眼波决之，则又儿女情长，殊堪畏怖。使吾身此时为幽燕老将，固亦不能提刚刀慧剑，驱此婴婴宛宛者于漠北……吾今胡能没溺家庭之恋，以闲愁自戕哉？佛言："佛子离佛数千里，当念佛戒。"吾今而后，当以持戒为基础，其庶几乎。余轮转思维，忽觉断惑证真，删除艳思，喜慰无极。决心归觅师傅，冀重重忏悔耳。

决心已下，即毅然登上船舶，浮海归国，了断尘缘：

> 余方豁然动念，遂将静子曩日所媵凤文罗简之属，沉诸海中，自谓忧患之心都泯。

这一波三折的描写，将其情禅交战的内心过程写得深入动人，先是罗帕轻拂，不胜绮丽之致；最后之决绝，凤文罗简等信物全沉大海，一默如雷。毕竟“阉官无情，不可谓贞”，唯有经过以情求度，以戒救溺，历劫而证，方才说得上彻悟。

第二，中土与东瀛互为故乡。

曼殊就是一个矛盾体。他是中日混血儿，对自己的出身一直狐疑满腹。但可以肯定的是，从个人情感上说，日本母亲河合氏给了他唯一的人间温暖。六岁以前的曼殊，一直归河合氏抚养，大概这是曼殊一生最开心的时光，可惜太匆匆了。到六岁离开河合氏回到家乡，曼殊的遭际，无论是真实生活还是小说描述，都是极凄苦的，家乡让他幼小心灵留下难以治愈的创伤。在小说中，河合夫人是唯一使用原名的人物，赴日寻母是整部小说的主线；而在现实生活中，曼殊以三十四岁之年辞世，僧袍入殓，留给人间的最后话语，就是难舍尚在人世的母亲河合氏。

小说中，三郎是在襁褓中由河合夫人带回家乡的，三郎三岁时河合氏被迫回国，自此母子分离。三郎稍长即出家，当他从寺庙下山偶遇乳母，并从乳母口中探问儿时遭遇与母亲去向时，乳母说了河合夫人带三郎回乡的原因：

> 夫人综览季世，渐入浇漓，思携尔托根上国……使尔离绝岛国根性，冀尔长进为人中之龙也。

但当河合夫人回日，乳母也被赶走，三郎落难。乳母怜其遭遇，动过帮助三郎回日本之念，她说：

> 三郎孤寒无依，欲驰书白夫人，使尔东归，离彼獦獠。

从河合夫人称“托根上国”，到乳母称“离彼獦獠”，对于乡土的两极用词，一褒一贬，一来一去，看似矛盾，实则反映了曼殊的内心有两个故乡：一个是母亲所指引的精神世界的上国——中华；一个是世俗情感的母国——东瀛。中土，是一国兴亡的情感所系；东瀛，是一生爱恨的情感所系。在中土则念东瀛，在东瀛则念中土。

到了登陆横滨，三郎在冰天雪地里，进入河合夫人堂明阁净的府第。经历过乡间旧家庭的冷酷，经历过僧庐的枯寂，这是何等的人间温暖。这里有慈母的椿萱之爱，有静子的温软之情。但这毕竟不足令三郎沉溺，毕竟三郎是海云寺出家的觉悟僧人。

小说开笔即说海云寺，此寺在小说中被赋予符号意义。曼殊有意把海云寺的建造时间上推到南宋，说它建造之初，有宋遗民削发遁迹于此，昼夜呼号，为崖山殉国的宋幼帝招灵。此寺为三郎开辟了另一层精神世界。到三郎与静子表姐谈艺论学之际，特别有一段情节，是读静子家珍藏二百三十多年的传家宝——明遗民朱舜水亲赠书，然后讲述朱舜水在明亡之际东渡长崎，不食周粟，传阳明之学于东瀛的事迹。最后静子说——

> “公目清人腼然人面，疾之如仇。平日操日语至精，然当易箦之际，公所言悉用汉语，故无人能聆其临终垂训，不亦大可哀耶？”

玉人言已，仰空而唏。余亦凄然，二人伫立无语，但闻风声萧瑟。

海云寺故事，伤宋之亡；朱舜水故事，伤明之亡。身处岛国，亲抚先贤手泽，感兴亡之痛，能不起深长的故国之思？

后来三郎回国，徒步翻越五岭，途经粤北一古寺，发现一块残碑，上面留有澹归和尚给吴梅村的一首七律讽喻诗，“十郡名贤请自思，座中若个是男儿”，是明清之际有关士人出处的重要诗篇。澹归正是海云寺僧，与三郎有一条精神脐带相连。这是曼殊有关民族气节的一个重要表述。

至此，三郎也算不负其母对他“托身上国，离绝岛国根性”的期待了。

第三，小说与诗剧互为借镜。

曼殊小说最被现代文学史家诟病的是写实性不足。郁达夫就批评说“太不自然，太不写实”。这是近代文艺一个必须重新思考的问题。以写实性作标准，是新文化运动之后，主流文艺家的一致取向。认为中国的小说不写实，中国的绘画不写实，中国的戏曲不写实，所以，小说必须尽量按现实时空去还原生活，绘画要以素描写生为基础，戏曲要向话剧靠近，无不以再现为依归。但当艺术开出了表现主义的新视野以后，我们就应对再现性手法有所反思，反过来对中国传统的写意艺术作重新评估。我们且放下“写实”的紧箍咒，再来读《断鸿零雁记》。

曼殊是受过日本“私小说”影响的。但他却没有仿效当时的“私小说”常用的“平面描写法”，即尽量不动声色地再现所见所闻的事实，不倾注太多感情，冷静地描述事件的客观过程。这就是当时最写实的、最时髦的写作方法。但曼殊扬弃了这套手法，这就让他的小说与日本“私小说”拉开了距离，因为他是诗人，他是戏曲研究者。他的小说，要借诗的方式来渲染氛围，要以戏曲的程式来铺排情节。

如他写三郎刚下山，化缘得来之米即被强人抢去，这是一重冲突。日暮渡河，呼来一渔翁，渔翁嫌是贫僧，拒之，这是第二重冲突。无奈投宿古庙，遇一少年夜捕蟋蟀，倾谈之下，彼此相怜，被请到少年家，一开门，赫然相见的，竟是自己失散多年的乳母，这是第三重冲突。如此铺排，简捷鲜明：一经世途之艰，二经人心之恶，于山穷水尽中，骤见柳暗花明。其实这就是中国戏曲的叙事法，也是尽量汰去过渡性细节的大写意手法。

曼殊更注意小说氛围中的诗境开辟。如他描述三郎登上海轮东渡，徘徊于舵楼之上，面对茫茫天海，海涛与心潮相激，于是捧读拜伦气势雄浑的《大海六章》，情不能已，直接濡笔译为汉文："皇涛澜汗，灵海黝冥。万艘鼓楫，泛若轻萍……"读来情景交融，这是译作，何尝不是记录？这是实境，但更是诗境。

三郎与河合夫人久别相逢，登楼相见，自是悲喜交集，小说描述河合夫人的笑容背后的酸辛，尤为细致透辟。与从未谋面的妹妹见过，又各有泪眼相看。一番温存过后，母亲下楼去吩咐晚餐，留下三郎与妹妹——

> 余心念天下仁慈之心，无若母氏之于其子矣。遂随吾女弟步至楼前，时正崦嵫落日，渔父归舟，海光山色，果然清丽。忽闻山后钟声，徐徐与海鸥逐浪而去。女弟告余曰："此

神武古寺晚钟也。”

在叙过死生契阔，无限感触之余，响起古寺钟声，声洪韵长，真有“别来沧海事，语罢暮天钟”的苍凉意境。它所感动人的，不是故事本身，而是故事过后的那一种回味。

曼殊的本质是诗人，在今天，对他的小说，又何妨作诗赋读之？

尽管曼殊的作品没有进入中小学课本，也不尽合各时期的正统主流意识，文学史书写也没有给予相应的地位。但他依然是诗文流传于群众之口、诗境风靡于雅俗之心的诗人。他的诗集至今翻印不歇，他的传记代有作者，他的小说到今日仍有翻印的价值。可以说，近一百年前兴起的“曼殊热”至今没有完全冷却。曹丕所谓“寄身于翰墨，见意于篇籍，不假良史之辞，不托飞驰之势，而声名自传于后”，曼殊和尚以他三十四年的生命凝结的作品，堪称文字般若，灵光不灭。

目录

第一章

百越有金瓯山者，滨海之南，巍然矗立。每值天朗无云，山麓葱翠间，红瓦鳞鳞，隐约可辨，盖海云古刹在焉。相传宋亡之际，陆秀夫既抱幼帝殉国崖山，有遗老遁迹于斯，祝发为僧，昼夜向天呼号，冀招大行皇帝之灵。故至今日，遥望山岭，云气葱郁；或时闻潮水悲嘶，尤使人唏嘘凭吊，不堪回首。今吾述刹中宝盖金幢，俱为古物，池流清净，松柏蔚然，住僧数十，威仪齐肃，器钵无声。岁岁经冬传戒，顾入山求戒者寥寥，以是山羊肠峻险，登之殊艰故也。

一日凌晨，钟声徐发，余倚刹角危楼，看天际沙鸥明灭。是时已入冬令，海风逼人于千里之外。读吾书者识之，此日为余三戒俱足之日。计余居此，忽忽三旬，今日可下山面吾师。后此扫叶焚香，送我流年，亦复何憾！如是思维，不觉堕泪，叹曰：“人皆谓我无母，我岂真无母耶？否否。余自养父见背，虽茕茕一身，然常于风动树梢，零雨连绵，百静之中，隐约微闻慈母唤我之声。顾声从何来，余心且不自明，恒结凝想耳。”继又叹曰：“吾母生我，胡弗使我一见？亦知儿身世飘零，至于斯极耶？”

此时晴波旷邈，光景奇丽。余遂披袈裟，随同戒者三十六人，双手捧香鱼贯而行。升大殿已，鹄立左右。四山长老云集。《香赞》既阕，万籁无声。少选，有尊证阇梨以悲紧之音唱曰：“求戒行人，向天三拜，以报父母养育之恩。”

余斯时泪如绠縻，莫能仰视，同戒者亦哽咽不能止。既而礼毕，诸长老一一来相劝勉曰：“善哉大德，慧根深厚，愿力庄严。此去谨侍亲师，异日灵山会上，拈花相笑。”余聆其音，慈悲哀愍，遂顶礼受牒，收泪拜辞诸长老，徐徐下山。

夹道枯柯，已无宿叶，悲凉境地，惟见樵夫出没，然彼焉知方外之人，亦有难言之恫？此章为吾书发凡，均纪实也。

第二章

余既辞海云寺，即驻荒村静室，经行侍师而外，日以泪珠拭面耳。吾师视余年幼，固已怜之。顾吾师虽慈蔼，不足以杀吾悲。读者试思，余殆极人世之至戚者矣！

一日，余以师命下乡化米，量之可十余斤，负之行，思觅投宿之所。忽有强者自远而来，将余米囊夺去。余付之一叹。

尔时天已薄暮，彳亍独行，至海边，已不辨道路。徘徊久之，就沙滩小憩，而骇浪遽起，四顾昏黑。余踌躇间，遥见海面火光如豆，知有渔舟经此，遂疾声呼曰："请渔翁来，余欲渡耳。"

已而火光渐大，知舟已迎面至，余心殊慰。未几，舟果傍岸，渔人询余何往。曰："余为波罗村寺僧，今失道至此，幸翁助我。"

渔人摇手曰："乌，是何言！余舟将以捕鱼易利，安能载尔贫僧？"言毕，登舟驶去。

余莫审所适，怅然涕下。忽耳畔微闻犬吠声，余念是间殆有村落，遂循草径行。渐前，有古庙，就之，中悬渔灯，余入，蜷卧石上。俄闻户外足音，余整衣起，瞥见一童子匆匆入。余曰："小子何之？”

童子手持竹笼数事示余曰：“吾操业至劳，夜已深矣，吾犹匿颓垣败壁，或幽岩密菁间，类偷儿行径者，盖为此唧唧者耳，不亦大可哀耶？”

余曰：“少年英俊，胡为业此屑小事？”

童子太息曰：“吾家固有花圃，吾日间挑花以售富人，富人倍吝，故所入滋微，不足以养吾慈母。慈母老矣，试思吾为人子，安可勿尽心以娱其晚景？此吾所以不避艰辛，而兼业此。虽然，吾母尚不之知，否则亦必尼吾如是。吾前日见庙侧有蟋蟀跨蜈蚣者，候此已两夜，尚未得也。天乎！使此微虫早落吾手，待邻村墟期，必得善价，当为慈母市羊裘一领，使老母虽于冬深之日，犹在春温。小子之心，如是慰矣。吾岂荒伧市侩，尽日孳孳爱钱而不爱命者耶？”

余聆小子言，不禁有所感触，泫然泪下。童子相余顶，从容曰：“敢问师奚为露宿于是？”

余视童貌甚庄肃，一一告以所遇。童子慨然曰：“师苦矣。寒舍尚有空闼，去此不远，请从我归，否则村人固凶恣，诬师为贼，且不堪也。”

余感此童诚实，诺之，遂行。俄入村，至一宅。童子辟扉，复自阖之，导余曲折度回廊。苑内百花，暗香沁鼻。既忽微闻老人语曰：“潮儿今日归何晚？”

余谛听之，奇哉，奇哉，此人声音也。及至厅事，则赫然余乳媪在焉。

第三章

余礼乳媪既毕，悲喜交并。媪一一究吾行止，乃命余坐，谛视余面，即以手拊额，沉思久之，凄然曰：“伤哉，三郎也！设吾今日犹在彼家，即尔胡至沦入空界？计吾依夫人之侧，不过三年，为时虽短，然夫人以慈爱为怀，视我良厚。一别夫人，悠悠十数载，乃至于今，吾每饭犹能不忘夫人爱顾之心。先是夫人行后，彼家人虽遇我恶薄，吾但顺受之，盖吾感夫人恩德，良不忍离三郎而去。迨尔父执去世之时，吾中心戚戚，方谓三郎孤寒无依，欲驰书白夫人，使尔东归，离彼獝獠。讵料彼妇侦知，逢其蕴怒，即以藤鞭我。斯时吾亦不欲与之言人道矣！纵情挞已，即摈我归。”

媪言至此，声泪俱下。斯时余方寸悲惨已极，顾亦不知所以慰吾乳媪，惟泪涌如泉，相对无语。余忽心念乳媪以四十许人，触此愤恸，宁人所堪？遂强颜慰之曰：“媪毋伤。媪育我今已成立，此恩此德，感戴何可言宣？余虽心冷空门，今兹幸逢吾媪，藉通吾骨肉消息，否即碧落黄泉，无相见之日！以此思之，不亦彼苍尚有灵耶？余在幼龄，恒知吾母尚存，第百思莫审居何许，且为谁氏。今吾媪所称夫人者，得非余生身阿母？奚为任我孑孑一身，飘摇危苦，都弗之问？媪试语我，以吾身世究如何者。”

媪既收泪，面余言曰：“三郎居，吾语尔。吾为村人女，世居于斯，牧畜为业。既嫁，随吾夫子，日出而作，日入而息，其乐无极，宁识人间有是非忧患？村家夫妇，如水流年。吾三十，而吾夫子不幸短命死矣，仅遗稚子，即潮儿也。是后家计日困，平生亲友，咸视吾母子为路人。斯时吾始悟世变，怆然于中，四顾茫茫，其谁诉耶？

“一日，拾穗村边，忽有古装夫人，珊珊来至吾前，谓曰：‘子似重有忧者？’因详叩吾况。吾一一答之，遂蒙夫人怜而招我，为三郎乳媪。古装夫人者，诚三郎生母，盖夫人为日本产，衣制悉从吾国古代。此吾见夫人后，始习闻之。

“‘三郎’即夫人命尔名也。尝闻之夫人，尔呱呱坠地，无几月，即生父见背。尔生父宗郎，旧为江户名族，生平肝胆照人，为里党所推。后此夫人综览季世，渐入浇漓，思携尔托根上国，故掣尔身于父执为义子，使尔离绝岛民根性，冀尔长进为人中龙也。明知兹事有干国律，然慈母爱子之心，无所不至，乃亲自抱尔潜行来游吾国，侨居三年。忽一日，夫人诏我曰：‘我东归矣，尔其珍重！’复手指三郎，凄声含泪曰：‘是儿生也不辰，媪其善视之，吾必不忘尔赐。’语已，手书地址付余，嘱勿遗失。故吾今尚珍藏旧簏之中。

“当是时，吾感泣不置。夫人且赐我百金，顾今日此金虽尽，而吾感激之私，无能尽也。尤忆夫人束装之先一夕，一一为贮小影于尔果罐之中，衣箧之内，冀尔稍长，不忘见阿母容仪，用意至为凄恻。谁知夫人行后，彼家人悉检毁之。嗣后，夫人尝三致书于余，并寄我以金，均由彼妇收没。又以吾详知夫人身世，且深爱三郎，怒我固作是态，以形其寡德。怨毒之因，由斯而发。甚矣哉，人与猛兽，直一线之分耳！吾既见摈之后，彼即诡言夫人已葬鱼腹，故亲友邻舍，咸目尔为无母之儿，弗之闻问。迹彼肺肝，盖防尔长大，思归依阿娘耳。嗟乎！既取人子，复暴遇之，吾百思不解彼妇前生，是何毒物。苍天苍天，吾岂怨毒他人者哉？今为是言者，所以征悍妇耳。

“尔父执为人诚实，恒念尔生父于彼有恩，视尔犹如己出。谁料尔父执辞世不旋踵，而彼妇初心顿变耶？至尔无知小子，受待之苛，莫可伦比。顾尔今亭亭玉立，别来无恙，吾亦老矣，不应对尔絮絮出之，以存忠厚。虽然，今丁末造，我在在行吾忠厚，人则在在居心陷我。此理互相消长。世态如斯，可胜浩叹！”

吾媪言已，垂头太息。少须，媪尚欲有言。斯时余满胸愁绪，波谲云诡。顾既审吾生母消息，不愿多询往事，更无暇自悲身世，遂从容启媪曰：“今夜深矣，媪且安寝。余行将孑身以寻阿母，望吾媪千万勿过伤悲。天下事正复谁料，媪视我与潮儿，岂没世而名不称者耶？”

既而媪忽仰首，且抚余肩曰：“伤哉，不图三郎羸瘠至于斯极！尔今须就寝，后此且住吾家，徐图东归，寻觅尔母。吾时时犹梦古装夫人，旁皇于东海之滨，盼三郎归也。三郎，尔尚有阿姊义妹，娇随娘侧，尔亦将闻阿娘唤尔之声。老身已矣，行将就木，弗克再会夫人，但愿苍苍者，必有以加庇夫人耳。”

翌晨，阳光灿烂，余思往事，历历犹在心头。读者试思，余昨宵乌能成寐？斯时郁伊无极，即起披衣出庐四瞩，柳瘦于骨，山容萧然矣。继今以后，余居乳媪家，日与潮儿弄艇投竿于荒江烟雨之中，或骑牛村外。幽恨万千，不自知其消散于晚风长笛间也。

第四章

一日薄暮，荒村风雪，萧萧彻骨。余与潮儿方自后山负薪以归。甫入门，见吾乳媪背炉兀坐，手缝旧衲，闻吾等声气，即仰首视余曰：“劳哉小子！吾见尔滋慰。尔两人且歇，待我燃烛出鲜鱼热饭，偕尔晚膳。吾家去湖不远，鱼甚鲜美，价亦不昂，村居胜城市多矣。”

余与潮儿即将蓑笠除下，与媪共饭，为况乐甚。少选饭罢，媪面余言曰：“吾今日见三郎荷薪，心殊未忍。以尔孱躯，今后勿复如是。此粗重工夫，潮儿可为吾助。今吾为尔计，尔须静听吾言。吾家花圃，在三春佳日，群芳甚盛。今已冬深，明岁春归时，尔朝携花出售，日中即为我稍理亭苑可耳。花资虽薄，然我能为尔积聚。迄二三年后，定能敷尔东归之费，舍此计无所出。三郎，尔意云何？”

余曰：“善，均如媪言。”

媪续曰：“三郎，尔先在江户固为公子，出必肥马轻裘，今兹暂作花佣，亦殊异事。虽然，尔异日东归，仍为千金之子，谁复呼尔为鬻花郎耶？”

余听至此，注视吾媪慈颜，一笑如春温焉。

岁月不居，春序忽至。余自是遵吾乳媪之命，每日凌晨作牧奴装，携花出售，每晨只经三四村落。余左手携花篋，右手持竹竿，顶戴渔父之笠，盖防人知我为比丘也。踯躅道中，状殊羞涩，见买花者，女子为最多，次则村妪耳。计余每日得钱可二三百，如是者弥月矣。

一日，余方独行前村，天忽阴晦，小雨溟蒙，沾余衣袂。此日为清明前二日，家家部署扫墓之事，故沿道无人，但有雨声清沥愁人而已。余纡道徐行，至一屋角细柳之下，枯立小憩，忽睹前垣碧纱窗内，有女郎新装临眺，容华绝代，而玉颜带肃，涌现殷忧之兆。迨余旁睇，瞬然已杳。俄而雨止，天朗气清，新绿照眼。余方欲行，前屋侧扉已启，又见一女子匆遽出而礼余，嗫嚅言曰："恕奴失礼。请问若从何方至此，为谁氏子？以若年华，奚至业是？若岂不识韶光一逝，悔无及耶？请详答我。"

余聆其言，心念彼女慧甚，无村竖态，但奚为盘问，一若算命先生也者？殆故探吾行止，抑有他因耶？余惟僵立，心殊弗释，亦莫审所以为对。

良久，彼女复曰：“吾之所以唐突者，乃受吾家女公子命，嘱必如是探问。吾女公子情性幽静无伦，未尝共生人言语，顾今如此者，盖听若卖花声里，含酸哽馀音。今晨女公子且见若于窗外，即审若身世，固非荒凉。若得毋怪我语无伦次？若非‘河合’其姓，‘三郎’其名者耶？”

余骤闻是言，愕极欲奔，继思彼辈殆非为害于余，即漫声应之曰：“诚然。余亟于东归寻母，不得不业此耳。尚望子勿泄于人，则余受恩不浅矣。”

女重礼余，言曰：“谨受教。先生且自珍重。明晨请再莅此，待我覆命女公子也。”

余自是心绪潮涌，遂怏怏以归。

第五章

明日，天气阴沉，较诸昨日为甚。迄余晨起，觉方寸中仓皇无主，以须臾即赴名姝之约耳。读吾书者，至此必将议我陷身情网，为清净法流障碍。然余是日正心思念：我为沙门，处于浊世，当如莲华不为泥污，复有何患？宁省后此吾躬有如许惨戚，以告吾读者。

余出门去矣，此时正为余惨戚之发轫也。江村寒食，风雨飘忽，余举目四顾，心怦然动。窃揣如斯景物，殆非佳朕。然念彼姝见约，定有远因，否则奚由稔余名姓？且余昨日乍睹芳容，静柔简淡，不同凡艳，又乌可与佻㒓下流同日而语。余且行且思，不觉已重至碧纱窗下，呆立良久，都无动定。

余方沉吟，谓彼小娃，殆戏我耶？继又迹彼昨日之言，一一出之至情，然则又胡容疑者？

亡何，风雨稍止，僮娃果启扉出，不言亦不笑，行至吾前，第以双手出一纸函见授。余趋接之，觉物压余手颇重。余方欲发问，而僮娃旋踵已去。余亟擘函视之，累累者，金也。余心滋惑，于是细察函中，更有银管乌丝，盖贻余书也。嗟夫！读者，余观书讫，惨然魂摇，心房碎矣！书曰：

妾雪梅将泪和墨，裣衽致书于三郎足下：

先是，人咸谓君已披剃空山，妾以君秉坚孤之性，故深信之，悲号几绝者屡矣！静夜思君，梦中又不识路，命也如此，夫复奚言！迩者连朝于卖花声里，惊辨此音，酷肖三郎心声。盖妾婴年，尝之君许，一挹清光，景状至今犹藏心坎也。迨侵晨隔窗一晤，知真为吾三郎矣。当此之时，妾觉魂已离舍，流荡空际，心亦腾涌弗止，不可自持。欲亲自陈情于君子之前，又以干于名义，故使侍儿冒昧进诘，以渎清神，还望三郎怜而恕妾。

妾自生母弃养，以至今日，伶仃悉苦，已无复生人之趣。继母孤恩，见利忘义，怂老父以前约可欺，行思以妾改嫔他姓。嗟夫！三郎，妾心终始之盟，固不忒也！若一旦妾身见抑于父母，妾只有自裁以见志。妾虽骨化形销至千万劫，犹为三郎同心耳。上苍曲全与否，弗之问矣！不图今日复睹尊颜，知吾三郎无恙，深感天心慈爱，又自喜矣。呜呼！茫茫宇宙，妾舍君其谁属耶？

沧海流枯，顽石尘化，微命如缕，妾爱不移。今以戋戋百金奉呈，望君即日买棹遄归，与太夫人图之。万转千回，惟君垂悯。

苫次不能细缕，伏维长途珍重。

雪梅者，余未婚妻也。然则余胡可忍心舍之，独向空山而去？读者殆以余不近情矣，实则余之所以出此者，正欲存吾雪梅耳。须知吾雪梅者，古德幽光，奇女子也。今请语吾读者：

雪梅之父，亦为余父执，在余义父未逝之先，已将雪梅许我。后此见余义父家运式微，余生母复无消息，乃生悔心，欲爽前诺。雪梅固高抗无伦者，奚肯甘心负约？顾其生父继母，都不见恤，以为女子者，实货物耳，吾固可择其礼金高者而鬻之，况此权特操诸父母，又乌容彼纤小致一辞者？

雪梅是后，茹苦含辛，莫可告诉。所谓庶女之怨，惟欲依母氏于冥府，较在恶世为安。此非躬历其境者，不自知也。余年渐长，久不与雪梅相见，无由一证心量，然睹此情况，悲慨不可自聊。默默思量，只好出家皈命佛陀、达磨、僧伽，用息彼美见爱之心，使彼美享有家庭之乐。否则绝世名姝，必郁郁为余而死，是何可者？不观其父母利令智昏，宁将骨肉之亲，付之蒿里，亦不以嫔单寒无告之儿如余者。当时余固年少气盛，遂掉头不顾，飘然之广州常秀寺，哀祷赞初长老，摄受为“驱乌沙弥”，冀梵天帝释愍此薄命女郎而已。前书叙余在古刹中忆余生母者，盖后此数月间事也。

第六章

余自得雪梅一纸书后，知彼姝所以许我者良厚。是时心头辘辘，不能为定行止，竟不审上穷碧落，下极黄泉，舍吾雪梅而外，尚有何物。即余乳媪，以半百之年，一见彼姝之书，亦惨同身受，泪潸潸下。余此际神经，当作何状，读者自能得之。须知天下事，由爱而生者，无不以为难，无论湿、化、卵、胎四生，综以此故而入生死，可哀也已！

清明后四日，侵晨，晨曦在树，花香沁脑，是时余与潮儿母子别矣。以媪亦速余遄归将母，且谓雪梅之事，必力为余助。余不知所云，以报吾媪之德，但有泪落如沈，乃将雪梅所赠款，分二十金与潮儿，为媪购羊裘之用。又思潮儿虽稚，侍亲至孝，不觉感动于怀，良不忍与之遽作分飞劳燕。忽回顾苑中花草，均带可怜颜色，悲从中来，徘徊饮泣。媪忽趋余曰："三郎，行矣，迟则渡船解缆。"余此时遂抑抑别乳媪、潮儿而去。

二日已至广州，余登岸步行，思诣吾师面别。不意常秀寺已被新学暴徒毁为墟市，法器无存。想吾师此时，已归静室，乃即日午后易舟赴香江。翌晨，余理装登岸，即向罗弼牧师之家而去。牧师隶西班牙国，先是数年，携伉俪及女公子至此，构庐于太平山。家居不恒外出，第以收罗粤中古器及奇花异草为事。余特慕其人清幽绝俗，实景教中铮铮之士，非包藏祸心、思墟人国者，遂从之治欧文二载，故与余雅有情怀也。余既至牧师许，其女公子盈盈迎于堂上，牧师夫妇亦喜慰万状。迨余述生母消息及雪梅事竟，俱泪盈于睫。余万感填胸，即踞胡床而大哭矣。

第七章

后此四日，牧师夫妇为余置西服。及部署各事既竟，乃就余握别曰："舟于正午启舷，孺子珍重，上帝必宠赐尔福慧兼修。尔此去可时以笺寄我。"语毕，其女公子曳蔚蓝文裾以出，颇有愁容，至余前殷殷握余手，亲持紫罗兰花及含羞草一束、英文书籍数种见贻。余拜谢受之。俄而海天在眼，余东行矣。

船行可五昼夜，经太平洋。斯时风日晴美，余徘徊于舵楼之上，茫茫天海，渺渺余怀。即检罗弼大家所贻书籍，中有莎士比尔、拜轮及室梨全集。余尝谓拜轮犹中土李白，天才也；莎士比尔犹中土杜甫，仙才也；室梨犹中土李贺，鬼才也。乃先展拜轮诗，诵《哈咯尔游草》，至末篇，有《大海》六章，遂叹曰："雄浑奇伟，今古诗人，无其匹矣。"濡笔译为汉文如左：

皇涛澜汗，灵海黝冥。
万艘鼓楫，泛若轻萍。
芒芒九围，每有遗虚。
旷哉天沼，匪人攸居。
大器自运，振荡粤夆。

岂伊人力，赫彼神工。
罔象乍见，决舟没人。
狂谮未几，遂为波臣。
掩体无棺，归骨无坟。
丧钟声嘶，逖矣谁闻。

谁能乘跷，履涉狂波。
藐诸苍生，其奈公何。
泱泱大风，立懦起罢。
兹维公功，人力何衰。
亦有雄豪，中原陵厉。
自公匈中，擿彼空际。
惊浪霆奔，慑魂愯神。
转侧张皇，冀为公怜。
腾澜赴厓，载彼微体。
拼溺含弘，公何岂弟。
摇山撼城，声若雷霆。
王公黔首，莫不震惊。
赫赫军艘，亦有浮名。
雄视海上，大莫与京。

自公视之，藐矣其形。
纷纷溶溶，旋入沧溟。
彼阿摩陀，失其威灵。
多罗缚迦，壮气亦倾。

傍公而居，雄国几许。
西利佉维，希腊罗马。
伟哉自繇，公所锡予。
君德既衰，耗哉斯土。
遂成遗虚，公目所睹。
以敖以娭，瀇回涛舞。
苍颜不皲，长寿自古。
渺弥澶漫，滔滔不舍。

赫如阳燧，神灵是鉴。
别风淮雨，上临下监。
扶摇羊角，溶溶澹澹。
北极凝冰，赤道淫滟。
浩此地镜，无裔无襜。
圆形在前，神光巢闪。

精彪变怪，出尔泥淰。
回流云转，气易舒惨。
公之淫威，忽不可验。

苍海苍海，余念旧恩。
儿时水嬉，在公膺前。
沸波激岸，随公转旋。
淋淋翔潮，媵余往还。
涤我匈臆，慑我精魂。
惟余与女，父子之亲。
或近或远，托我元身。
今我来斯，握公之鬈。

余既译拜轮诗竟，循还朗诵。时新月在天，渔灯三五，清风徐来，旷哉观也。翌晨，舟抵横滨，余遂舍舟投逆旅，今后当叙余在东之事。

第八章

余行装甫卸，即出吾乳媪所授地址，以询逆旅主人。逆旅主人曰："是地甚迩，境绝严静，汽车去此可五站。客且歇一句钟，吾当为客购车票。吾阅人多矣，无如客之超逸者，诚宜至彼一游。今客如是急逼，殆有要事耶？"

余曰："省亲耳。"

午餐后，逆旅主人伴余赴车场，余甚感其殷渥。车既驶行，经二站，至一驿，名大船。掌车者向余言曰："由此换车，第一站为兼仓，第二站是已。"

余既换车，危坐车中，此时心绪，深形忐忑。自念于此顷刻间，即余骨肉重逢，母氏慈怀大慰，宁非余有生以来第一快事？忽又转念，自幼不省音耗，矧世事多变如此，安知母氏不移居他方？苟今日不获面吾生母，则飘泊人胡堪设想？

余心正怔忡不已，而车已停。余向车窗外望，见牌上书"逗子驿"三字，遂下车。余既出驿场，四瞩无有行人，地至萧旷，即雇手车向田亩间辚辚而去。时正寒凝，积冰弥望。如是数里，从山脚左转，即濒海边而行。但见渔家数处，群儿往来垂钓，殊为幽悄不嚣。车夫忽止步告余曰："是处即樱山，客将安往？"

余曰："樱山即此耶？"遂下车携箧步行。久之，至一处，松青沙白。方跂望间，忽遥见松阴夹道中，有小桥通一板屋，隐然背山面海，桥下流水触石，汩汩作声。

余趋前就之，仰首见柴扉之侧，有标识曰"相州逗子樱山村八番"。余大悦怿，盖此九字，即余乳媪所授地址。遂以手轻叩其扉，久之，阒如无人。寻复叩之，一妇人启扉出。

余见其襟前垂白巾一幅，审其为厨娘也。即问之曰："幸恕唐突，是即河合夫人居乎？"

妇曰："然。"

余曰："吾欲面夫人，烦为我通报。"

妇踌躇曰："吾主人大病新瘥，医者嘱勿见客。客此来何事，吾可代达主人。"

余曰："主人即余阿母，余名三郎。余来自支那，今早始莅横滨，幸速通报。"

妇闻言，张目相余，自颅及踵，凝思移时，骇曰："信乎，客三郎乎？吾尝闻吾主言及少主，顾存亡未卜耳。”语已，遂入。久之，复出，肃余进。至廊下，一垂髫少女礼余曰：“阿兄归来大幸。阿娘病已逾月，侵晨人略清爽，今小睡已觉，请兄来见阿娘。”

于是导余登楼。甫推屏，即见吾母斑发垂垂，据榻而坐，以面迎余微笑。余心知慈母此笑，较之痛哭尤为酸辛万倍。余即趋前俯伏吾母膝下，口不能言，惟泪如潮涌，遽湿棉墩。此时但闻慈母咽声言曰：“吾儿无恙，谢上苍垂悯。三郎，尔且拭泪面余。余此病几殆，年迈人固如风前之烛，今得见吾儿，吾病已觉霍然脱体，尔勿悲切。”

言已，收泪扶余起，徐回顾少女言曰：“此尔兄也，自幼适异国，故未相见。”旋复面余曰：“此为吾养女，今年十一，少尔五岁，即尔女弟也，侍我滋谨，吾至爱之。尔阿姊明日闻尔归，必来面尔。尔姊嫁已两载，家事如毛，故不恒至。吾后此但得尔兄妹二人在侧，为况慰矣。吾感谢上苍，不任吾骨肉分飞，至有恩意也。”

慈母言讫，余视女弟依慈母之侧，泪盈于睫，悲戚不胜，此时景状，凄清极矣。少选，慈母复抚余等曰："尔勿伤心，吾明日病瘳，后日可携尔赴谒王父及尔父墓所，祝呵护尔。吾家亲戚故旧正多，后此当带尔兄妹各处游玩。吾卧病已久，正思远行，一觇他乡风物。"

时厨娘亦来面余母，似有所询问。吾母且起且嘱余女弟曰："蕙子，且偕阿兄出前楼瞭望，尔兄仆仆征尘，苦矣。"已，复指厨娘顾余曰："三郎，尔今在家中，诸事尽可遣阿竹理之。阿竹佣吾家十余载，为人诚笃，吾甚德之。"

吾母言竟下楼，为余治晚餐。余心念天下仁慈之心，无若母氏之于其子矣。遂随吾女弟步至楼前，时正崦嵫落日，渔父归舟，海光山色，果然清丽。忽闻山后钟声，徐徐与海鸥逐浪而去。女弟告余曰："此神武古寺晚钟也。"

第九章

入夜，余作书二通，一致吾乳媪，一致罗弼牧师。二书均言余平安抵家，得会余母，并述余母子感谢前此恩德，永永不忘。余母复附寄百金与吾乳媪，且嘱其母子千万珍卫，良会自当有期。迨二书竟，余疲极睡矣。逾日既醒，红日当窗，即披衣入浴室。浴罢，登楼，见芙蓉峰涌现于金波之上，胸次为之澄澈。此日余母精神顿复，为余陈设各事无少暇。

余归家之第三日，天甫迟明，余母携余及弱妹趁急行车，赴小田原扫墓。是日阴寒，车行而密雪翻飞，途中景物，至为萧瑟。迨车抵小田原驿，雪封径途矣。荒村风雪中，固无牵车者，余母遂雇一村妇负余妹。又至驿旁，购鲜花一束。既已，余即扶将母氏步行可三里，至一山脚。余仰睇山顶积雪中，露红墙一角，余母以指示余曰："是即龙山寺，尔祖及父之墓即在此。"

余等遂徐徐蹑石蹬而上。既近山门，有联曰：

蒲团坐耐江头冷；

香火重生劫后灰。

余心谓是联颇工整。方至殿中，一老尼龙钟

出，与余母问讯叙寒暄毕，尼即往燃香，并携清水一壶，授余母。余与弱妹随阿母步至浮屠之后，见王父及先君两墓并立，四围绕以铁栅，栅外复立木柱。柱之四面，作悉昙文，书“地、水、火、风、空”五字，盖密宗以表大日如来之德者也。余与弱妹拾取松枝，将坟上积雪推去。余母以手提壶灌水，由墓顶而下。少选，汛洒严净，香花既陈，余母复摘长青叶一片，端置石案之中，命余等展拜。余拜已，掩面而哭。余母曰：“三郎，雪弥剧，余等遄归。”

余遂启目视坟台，积雪复盈三寸，新陈诸物，均为雪蔽。余母以白纸裹金授老尼，即与告别，冒雪下山。余母且行且语余曰：“三郎，若姨昨岁卜居箱根，去此不远，今且与尔赴谒若姨。须知尔幼时，若姨爱尔如雏凤，一日不见尔，则心殊弗怿。先时余携尔西行，若姨力阻；及尔行后，阿姨肝肠寸断矣。三郎知若姨爱尔之恩，弗可忘也。”

第十章

既至姨氏许，阍者通报，姨氏即出迓余母。已，复引领顾余问曰："其谁家宁馨耶？"

余母指余笑答姨氏曰："三郎也，前日才归家。"

姨氏闻言喜极曰："然哉，三郎果生还耶？胡未驰电告我？"

言已，即以手扑余肩上雪花，徐徐叹曰："哀哉三郎！吾不见尔十数载，今尔相貌犹依稀辨识，但较儿时消瘦耳。尔今疲矣，且进吾闼。"

遂齐进厅事，自去外衣。倏忽见一女郎，擎茶具，作淡装出，袅娜无伦。与余等礼毕，时余旁立谛视之，果清超拔俗也。第心甚疑骇，盖似曾相见者。姨氏以铁箸剔火钵寒灰，且剔且言曰："别来逾旬，使人系念。前日接书，始知吾妹就瘥，稍慰。今三郎归，诚如梦幻，顾我乐极矣！"

余母答曰："谢姊关垂。身虽老病，今见三郎，心滋怡悦。惟此子殊可愍耳！"

此时女郎治茗既备，即先献余母，次则献余。余觉女郎此际瑟缩不知为地。姨氏知状，回顾女郎曰："静子，余犹记三郎去时，尔亦知惜别，丝丝垂泪，尚忆之乎？”因屈指一算，续曰：“尔长于三郎二十有一月，即三郎为尔阿弟，尔勿踧踖作常态也。”

女郎默然不答，徐徐出素手，为余妹理鬓丝，双颊微生春晕矣。迨晚餐既已，余顿觉头颅肢体均热，如居火宅。是夜辗转不能成寐，病乃大作。

翌晨，雪不可止。余母及姨氏举屋之人，咸怏怏不可状，谓余此病匪细。顾余虽呻吟床褥，然以新归，初履家庭乐境，但觉有生以来，无若斯时欢欣也。于是一一思量：余自脱俗至今，所遇师傅、乳媪母子及罗弼牧师家族，均殷殷垂爱，无异骨肉，则举我前此之飘零辛苦，尽足偿矣。第念及雪梅孤苦无告，中心又难自恝耳。然余为僧及雪梅事，都秘而不宣，防余母闻之伤心也。兹出家与合婚二事，直相背而驰。余既证法身，固弗娶者，虽依慈母，不亦可乎？

方遐想间，余母与姨氏入矣。姨氏手持汤药，行至榻畔予余，曰：“三郎，汝病盖为感冒。汝今且起服药，一二日后可无事。此药吾所手采。三郎，若姨日中固无所事，惟好去山中采药，亲制成剂，将施贫乏而多病者。须知世间医者，莫不贪财，故贫人不幸构病，只好垂手待毙，伤心惨目，无过于此。吾自顾遣此馀年，舍此采药济人之事，无他乐趣。若村妇烧香念佛，吾弗为也。三郎，吾与汝母俱为老人矣。谚云‘老者豫为交代事’，盖谓人老只当替后人谋幸福，但自身劳苦非所计。顾吾子现隶海军，且已娶妇，亦无庸为彼虑。今兹静子，彼人最关吾怀。静子少失怙恃，依吾已十有馀载，吾但托之天命。”

姨氏言至此，凝思移时，长喘一声，复面余曰：“三郎，先是汝母归来，不及三月，即接汝义父家中一信，谓三郎上山，为虎所噬。吾思彼方固多虎患，以为言实也。余与汝母，得此凶耗，一哭几绝，顿增二十馀年老态。兹事亦无可如何，惟有晨夕祷告上苍，祝小子游魂，来归阿母。”

余倾听姨氏之言，厥声至惨，猛触宿恨，肺叶震震然，不知所可。久之，仰面见余母容仪，无有悲戚，即力制余悲，恭谨言曰：“铭感阿姨过爱。第孺子遭逢，不堪追溯，且已成过去陈迹，请阿姨阿母置之。儿后此晨昏得奉阿姨阿母慈祥颜色，即孺子喜幸当何如也！”

余言已，余母速余饮药。少选，上身汗出如注，惫极，帖然而卧。

第十一章

余病四昼夜，始臻勿药。余母及姨氏举家喜形于色。时为三月三日，天气清新，余就窗次卷帘外盼，山光照眼，花鸟怡魂，心乃滋适。忽念一事，盖余连日晨醒，即觉清芬通余鼻观，以榻畔紫檀几上，必易鲜花一束，插胆瓶中，奕奕有光，花心犹带露滴。今晨忽见一翡翠襟针，遗于几下，方悉其为彼姝之物，花固美人之贻也。余又顿忆前日似与玉人曾相识者，因余先在罗弼女士斋中，所见德意志画伯阿陀辅手缋《沙浮遗影》，与彼姝无少差别耳。方凝伫间，忽注目纱帘之下，陈设甚雅：有云石案作鹅卵形，上置鉴屏、银盒、笔砚、绛罗，一尘不着。旁有柚木书椟，状若鸽笼，藏书颇富。余检之，均汉土古籍也。迨余回视左壁，复有小几，上置雁柱鸣筝，似尚有馀音绕诸弦上。此时余始惊审此楼为彼姝妆阁，又心仪彼姝学邃，且翛然出尘，如藐姑仙子。

斯时余正觉心中如有所念，移时又怃然若失。忽见余母登楼，手中将春衣二袭，嘱余曰：“三郎，今兹寒威已退，尔试易此衣。”

余将衣接下，遂伴余母坐于蓝缎弹簧长椅之上。余母视余作慈祥之色，旋以手案余额问曰：

“吾儿今晨何似？”

余曰：“儿无所苦，身略疲耳。阿娘以何日将余及妹宁家？余尚未面阿姊也。”

余母曰：“何时均可。吾初意俟尔病瘳即行，但若姨昨夕，苦苦留吾母子勿遽去。今晨已函报尔姊。盖若姨有切心之事，与我相量。苟尔居此舒泰，吾一时固无归意。尔知吾年已垂暮，生平亲属咸老，势必疏远，安能如盛年时往来无绝？吾今举目四顾，惟与若姨形影相吊耳。且若姨见尔，心中怡悦靡极，则尔住此，一若在家中可也。吾知尔性耽幽寂，居此楼最适。此楼向为静子所居，前日尔来，始移于楼下，与尔妹同室。三郎，尔居此，意若弗适者，尽可语我。”

余曰：“敬遵娘言。阿姨屋外风物固佳，小住，于儿心滋乐也。”

此时侍者传言，晨餐已备，余母欣然趋余更衣下楼御膳。余既随母氏至食堂，即鞠躬致谢阿姨厚遇之恩。姨氏以面迎余，欣欢万状，引首顾彼姝曰：“托天之庇，三郎无恙矣。静子，尔趋前为三郎道晨安。”

瞬息，即见玉人翩若惊鸿，至余前，肃然为礼。而此际玉人密发虚鬟，丰姿愈见娟媚。余不敢回眸正视，惟心绪飘然，如风吹落叶，不知何所止。

余兄妹随阿娘羁旅姨氏家中，不啻置身天苑。姨氏固最怜余，余惟凡百恭谨，以奉阿姨阿母欢颜，自觉娱悦匪极。苟心有枨触，即倚树临流，或以书自遣。顾楼中所藏多宋人理学之书，外有梵章及驴文数种，已为虫蚀，不可辨析，俱唐本也。复次有汉译《婆罗多》及《罗摩延》二书，乃长篇叙事诗。二书汉土已失传矣，惟于《华严经》中偶述其名称，谓出自马鸣菩萨，今印度学人哆氏之英译《摩诃婆罗多族大战篇》，即其一也。

第十二章

一时雁影横空，蝉声四彻。余垂首环行于姨氏庭苑鱼塘堤畔，盈眸廓落，沦漪泠然。余默念晨间，余母言明朝将余兄妹遄归，则此地白云红树，不无恋恋于怀。忽有风声过余耳，瑟瑟作响。余乃仰空，但见宿叶脱柯，萧萧下堕，心始耸然知清秋亦垂尽矣。遂不觉中怀惘惘，一若重愁在抱。想余母此时已屏挡行具，方思进退闲之轩，一看弱妹。步至石阑桥上，忽闻衣裙窸窣之声。

少选，香风四溢，陡见玉人靓妆，仙仙飘举而来，去余仅数武，一回青盼，徐徐与余眸相属矣。余即肃然鞠躬致敬。

尔时玉人双颊虽赪，然不若前此之羞涩，至于无地自容也。

余少瞩，觉玉人似欲言而未言，余愈踧踖，进退不知所可，惟有俯首视地。久久，忽残菊上有物，映余眼帘，飘飘然如粉蝶，行将逾篱落而去。余趋前以手捉之，方知为蝉翼轻纱，落自玉人头上者。斯时余欲掷之于地，又思于礼微悖，遂将返玉人。

玉人知旨，立即双手进接，以慧目迎余，且羞且发娇柔之声曰："多谢三郎见助。"

此为余第一次见玉人启其唇樱，贻余诚款，故余胶胶不知作何词以对。但见玉人口窝动处，又使沙浮复生，亦无此庄艳。

此时令人真个消魂矣！

玉人寻复俯其颈，叶婉妙之音，微微言曰："三郎日来安乎？逗子气候温和，吾甚思造府奉谒，但阿母事集，恐岁内未能抽身耳。是间比逗子清严幽澈则一，惟气候悬绝，盖深山也。唐人咏罗浮诗云：'游人莫着单衣去，六月飞云带雪寒。'吾思此语移用于此，颇觉亲切有味，未知三郎以吾言有当不？"

余聆玉人词旨，心乃奇骇，唯唯不能作答，久乃恭谨言曰："谢阿姊分神及我。果阿姊见枉寒舍，俾稚弟朝夕得侍左右，垂纶于荒村寒牖，幸何如之！否则寒舍东西诗集不少，亦可挑灯披卷，阿姊得毋嫌软尘溷人？敢问阿姊喜诵谁家诗句耶？"

玉人低首凝思，旋即星眸瞩我，赧然答曰："感篆三郎盛意。所问爱读何诗，诚为笑话，须知吾固未尝学也。三郎既不以吾为渎，敢不出吾肝膈以告？且幸三郎有以教我。”遂累累如贯珠言曰：“从来好读陈后山诗，亦爱陆放翁，惟是故国西风，泪痕满纸，令人心恻耳。比来读《庄子》及陶诗，颇自觉徜徉世外，可见此关于性情之学不少。三郎观吾书椟所藏多理学家言，此书均明之遗臣朱舜水先生所赠吾远祖安积公者。盖安积公彼时参与德川政事，执弟子礼以侍朱公，故吾家世受朱公之赐。吾家藏此书帙，已历二百三十馀年矣。”此语一发，余更愕然张目注视玉人。

玉人续曰：“吾婴年闻先君道朱公遗事，至今历历不忘，吾今复述三郎听之。”于是长喟一声，即愀然曰：“朱公以崇祯十七年，即吾国正保元年，正值胡人猖披之际，孑身数航长崎，欲作秦庭七日之哭，竟不果其志。迨万治三年，而明社覆矣。朱公以亡国遗民，耻食二朝之粟，遂流寓长崎，以其地与平户郑成功诞生处近也。后德川氏闻之，遣水户儒臣，聘为宾师，尤殚礼遇。公遂传王阳明学于吾国土，公与阳明固是同乡也。至今朱公遗墓，尚存茨城县久慈郡瑞龙山上，容日当导三郎，一往奠之，以慰亡国忠魂。三郎其有意乎？又闻公酷爱樱花，今江户小石川后乐园中，犹留朱公遗爱。此园系朱公亲手经营者。朱公以天和二年春辞世，享寿八十有三。公目清人腼然人面，疾之如仇。平日操日语至精，然当易箦之际，公所言悉用汉语，故无人能聆其临终垂训，不亦大可哀耶？”

玉人言已，仰空而唏，余亦凄然。二人伫立无语，但闻风声萧瑟。忽有红叶一片，敲玉人肩上。玉人蹙其双蛾，状似弗惬，因俯首低声曰：“三郎，明朝行耶？胡弗久留？吾自先君见背，旧学抛荒已久。三郎在，吾可执书问难。三郎如不以弱质见弃，则吾虽凋零，可无憾矣。”

余不待其言之毕，双颊大赪，俯首至臆，欲贡诚款，又不工于词。久乃嗫嚅言曰：“阿母言明日归耳。阿姊恳恳如此，滋可感也。”

时余妹亦出自廊间，且行且呼曰：“阿姊不观吾夹衣已带耶？晚餐将备，曷入食堂乎？”

玉人让余先行，即信步随吾而入。是夕餐事丰美，逾于常日，顾余确不审为何味。饭罢，枯坐楼头，兀思余今日始见玉人天真呈露，且殖学滋深，匪但容仪佳也。即监守天阍之乌舍仙子，亦不能逾是人矣！思至此，忽尔昂首见月明星稀，因诵亿翁诗曰：“千岩万壑无人迹，独自飞行明月中。”心为廓然。对月凝思，久久，回顾银烛已跋，更深矣，遂解衣就寝。复喟然叹曰：“今夕月华如水，安知明夕不黑云叆叇耶？”

余词未毕，果闻雷声隐隐，似发于芙蓉塘外，因亦戚戚无已。寻复叹曰：“云耶，电耶，雨耶，雪耶，实一物也，不过因热度之异而变耳。多谢天公，幸勿以柔丝缚我！”

明日，晨餐甫竟，余母命余易旅行之衣，且言姨氏亦携静子偕行。余闻言喜甚，谓可免黯然魂消之感。余等既登车室，玻璃窗上，霜痕犹在。余母及姨氏，指麾云树，心旷神怡。瞬息，闻天风海涛之声，不觉抵吾家矣。自是日以来，余循陔之馀，静子亦彼此常见，但不久谈，莞尔示敬而已。

一日，细雨廉纤，余方伴余母倚阑观海，忽微微有叩镮声，少选，侍者持一邮筒，跪上余母。余母发函申纸，少需观竟，嘱余言曰：“三郎，此尔姊来笺也，言明日莅此，适逢夫子以明日赴京都，才能分身一来省我云。此子亦大可怜。”言至此，微喟，续曰："谚云'养女徒劳'，不其然乎？女子一嫔夫家，必置其亲于脑后，即每逢佳节，思一见女面，亦非易易。此虽因中馈繁杂，然亦天下女子之心，固多忘所自也。昔有贫女，嫁数年，夫婿致富，女之父母，私心欣幸，方谓两口可以无饥矣。谁料不数日，女差人将其旧服悉还父母，且传语曰：'好女不着嫁时衣。'意讽嫁时奁具薄也。世人心理如是，安得不江河日下耶？"

余母言已，即将吾姊来书置桌上，以慈祥之色回顾余曰："三郎，晨来毋寒乎？吾觉凉生两臂。"

余即答曰："否。"

余母遂徐徐诏余曰："三郎，坐。"

余即坐。余母问曰："三郎，尔视静子何如人耶？"

余曰："慧秀孤标，好女子也。"

余母尔时舒适不可状，旋曰："诚然，诚然，吾亦极爱静子和婉有仪。母今有言，关白于尔，尔听之：三郎，吾决纳静子为三郎妇矣。静子长于尔二岁，在理吾不应尔。然吾仔细回环，的确更无佳偶逾是人者。顾静子父母不全，按例须招赘，始可袭父遗荫，然吾固可与若姨合居，此实天缘巧凑。若姨一切部署已定，俟明岁开春时成礼，破夏吾亦迁居箱根。兹事以情理而论，即若姨必婿吾三郎，中怀方释。盖若姨为托孤之人，今静子年事已及，无时不系之怀抱。顾连岁以来，求婚者虽众，若姨都不之顾。若姨之意，非关门地，第以世人良莠不齐，人心不古，苟静子不得贤夫子而侍，则若姨将何以自对？今得婿三郎，若姨重肩卸矣。”

余母言至此，凄然欲哭曰：“三郎，老母一生寥寂，今行将见尔庆成嘉礼，即吾与若姨晚景，亦堪告慰。后此但托天命，吾知上苍必予尔两小福慧双修。”

余母方絮絮发言，余心房突突而跳。当余母言讫，余夷犹不敢遽答。正思将前此所历，径白余母，继又恐滋慈母之戚，非人子之道。心念良久，蕴泪于眶，微微言曰：“儿今有言奉干慈母听纳，盖儿已决心……”

余母急曰：“何谓？”

余曰：“儿终身不娶耳。”

余母闻言极骇，起立张目注余曰："乌，是何言也！尔何所见而为此言？抑尔固执拗若是？此语真令余不解。尔年弱冠不娶，人其谓我何？若姨爱尔，不徒然耶？尔澄心思之，此语胡可使若姨听之者？矧静子恒为吾言，舍三郎无属意之人。尔前次恹恹病卧姨家，汤药均静子亲自煎调。怀诚已久，尚不知尔今竟岸然作是言也！"

余母言至末句，声愈严峻。余即敛涕言曰："慈母谛听。儿抚心自问，固爱静子，无异骨肉，且深敬其为人，想静子亦必心知之。儿今兹恝然出是言者，亦非敢抗挠慈母及阿姨之命，此实出诸不得已之苦衷，望慈母恕儿稚昧。"

余母凄然不余答，久乃哀咽言曰："三郎，尔当善体吾意。吾钟漏且歇，但望尔与静子早成眷属，则吾虽入土，犹含笑矣。"

第十三章

余听母言，泪如瀑泻，中心自咎，诚不应逆堂上之命，致老母出此伤心之言，此景奚堪？余皇然少间，遽跪余母膝前，婉慰余母曰：“阿娘恕儿。儿诚不孝，儿罪重矣！后此惟有谨遵慈命。儿固不经事者，但望阿娘见恕耳。”

余母徐徐收泪，漫声应曰：“孺子当听吾言为是。古云：‘不信老人言，后悔将何及。’矧吾儿终身大事，老母安得不深思详察耶？当知娘心无一刻不为儿计也。即尔姊在家时，苟不从吾言，吾亦面加叱责而不姑息。今既归人，万事吾可不必过问。须知女心固外向，吾又何言？若静子则不然。彼姝性情娴穆，且有夙慧，最称吾怀，尔切勿以傅粉涂脂之流目之可耳。”

余母尚欲有言，适侍女跪白余母曰：“浴室诸事已备，此时刚十句钟也。”言毕，即去。

余母颜色开霁，抚余肩曰：“三郎，娘今当下楼检点冬衣，十一时方暇。尔去就浴。”

余此时知已宽慈母之忧，不禁怡然自得。仰视天际游丝，缓缓移去，雨亦遽止，余起易衣下楼就浴。

余浴毕，登楼面海，兀坐久之，则又云愁海思，袭余而来。

当余今日，慨然许彼姝于吾母之时，明知此言一发，后此有无穷忧患，正如此海潮之声，续续而至，无有尽时。然思若不尔者，又将何以慰吾老母？事至于此，今但焉置吾身？

只好权顺老母之意，容日婉言劝慰余母，或可收回成命。

如老母坚不见许，则历举隐衷，或卒能谅余为空门中人，未应蓄内。余抚心自问，固非忍人忘彼姝也。继余又思：日俗真宗，固许带妻，且于刹中行结婚礼式，一效景教然者。若吾母以此为言，吾又将何言说答余慈母耶？余反复思维，不可自聊，又闻山后凄风号林，余不觉惴惴其栗。因念佛言：“身中四大，各自有名，都无我者。”嗟乎！望吾慈母，切勿驱儿作哑羊可耳！

第十四章

越日，余姊果来，见余不多言，但亦劝余曰："吾弟随时随地须听母言。凡事毋以盛气自用，则人情世故，思过半矣。至尔谓终身不娶，自以为高，此直村竖恒态，适足笑煞人耳！三郎，尔后此须谨志吾言，勿贻人笑柄也。"余唯唯而退。

余自是以来，焦悚万状，定省晨昏，辄不久坐。尽日惴惴然，惟恐余母重提意向。余母每面余时，欢欣无已，似曾不理余心有闲愁万种。一日，余方在斋中下笔作画，用宣愁绪。既绘怒涛激石状，复次画远海波纹，已而作一沙鸥斜身堕寒烟而没。忽微闻叩镮声，继知吾妹，推扉言曰："阿兄胡不出外游玩？"

余即回顾，忽尔见静子作斜红绕脸之妆，携余妹之手，伫立门外，见余即鞠躬与余为礼。余遂言曰："请阿姊进斋中小坐，今吾画已竟，无他事也。"

余言既毕，余妹强牵静子，径至余侧。静子注观余案上之画，少选，莞尔顾余言曰："三郎幸恕唐突。昔董源写江南山，李唐写中州山，李思训写海外山，米元晖写南徐山，马远、夏圭写钱塘山，黄子久写海虞山，赵吴兴写霅苕山，今吾三郎得毋写厓山耶？一胡使人见则翛然如置身清古之域，此诚快心洞目之观也。”

言已，将画还余。余受之，言曰：“吾画笔久废，今兴至作此，不图阿姊称誉过当，徒令人增惭惕耳。”

静子复微哂，言曰：“三郎，余非作客气之言也。试思今之画者，但贵形似，取悦市侩，实则宁达画之理趣哉？昔人谓画水能终夜有声，余今观三郎此画，果证得其言不谬。三郎此幅，较诸近代名手，固有瓦砾明珠之别，又岂待余之多言也？”

余倾听其言，心念世宁有如此慧颖者。因退立其后，略举目视之，鬒发腻理，纤秾中度。余暗自叹曰：“真旷劫难逢者也。”

忽而静子回盼，赧赧然曰：“三郎，此画能见媵否？三郎或不以余求在礼为背否？余观此景沧茫古逸，故爱之甚挚。今兹发问，度三郎能谅我耳。”

余即答曰：“岂敢，岂敢，此画固不值阿姊一粲。吾意阿姊固精通绘事者，望阿姊毋吝教诲，作我良师，不宁佳乎？”

静子瑟缩垂其双睫，以柔荑之手，理其罗带之端，言曰：“非然也。昔日虽偶习之，然一无所成，今惟行箧所藏《花燕》一幅而已。”

余曰：“请问云何《花燕》？”

静子曰：“吾家园池，当荷花盛开时，每夜有紫燕无算，巢荷花中，花尽犹不去。余感其情性，命之曰‘花燕’，爰为之图。三郎，今容我检之来，第恐贻笑大方耳。”

余鞠躬对曰：“请阿姊速将来，弟亟欲拜观。”

静子不待余言之毕，即移步鞠躬而去，轻振其袖，薰香扑人。余遂留余妹问之曰：“何不闻阿母阿姊声音，抑外出耶？”

余妹答曰：“然，阿姊约阿姨阿母俱出，谓往叶山观千贯松，兼有他事，顺道谒淡岛神社。已嘱厨娘，今日午膳在十二句半钟，并嘱吾语阿兄也。”

余曰：“妹曷未同往？”

妹曰：“不，静姊不往，故我亦不愿往。”

余顾余妹手中携有书籍，即诘之曰："何书？"

妹曰："此波弥尼《八部书》也。"

余曰："此为梵文典，吾妹习此乎？"

妹曰："静姊每日授余诵之，顾初学殊艰，久之渐觉醰醰有味。其句度雅丽，迥非独逸、法兰西、英吉利所可同日而语。"

余曰："然则静姊固究心三斯克列多文久矣。"

妹曰："静姊平素喜谈佛理，以是因缘，好涉猎梵章。尝语妹云：'佛教虽斥声论，然《楞伽》《瑜伽》所说五法，曰相，曰名，曰分别，曰正智，曰真如，与波弥尼派相近。《楞严》后出，依于耳根圆通，有声论宣明之语。是佛教亦取声论，特形式相异耳。'"

余听毕，正色语余妹曰："善哉，静姊果超凡入圣矣。吾妹谨随之学毋怠。"

第十五章

余语吾妹既讫，私心叹曰："静子慧骨天生，一时无两，宁不令人畏敬？惜乎，吾固勿能长侍秋波也！"

已而静子盈盈至矣。静子手持繢绢一帧，至余前，余肃然起立，接而观之：莲池之畔，环以垂杨修竹，固是姨家风物，有女郎兀立，风采盎然，碧罗为衣，颇得吴带当风之致。女郎挽文金高髻，即汉制飞仙髻也。俯观花燕，且自看妆映，翛然有出尘之姿，飘飘有凌云之概。余赞叹曰："美哉伊人！奚啻真真者？"

静子闻言，转目盼余，兼视余妹，莞尔言曰："究又奚能与三郎之言相副耶？且三郎安可以外貌取人？亦觇其中藏如何耳。画中人外观，似奕奕动人，第不能言，三郎何从谂其中心着何颜色者？"

余置其言弗答，续曰："画笔秀逸无伦，固是仙品。余生平博览丹青之士，咸弗能逮。嗟乎！衣钵尘土久，吾尚何言？今且据行云流水之描，的是吾姊戛戛独造，使余叹观止矣。阿姊端为吾师，吾何幸哉！"

静子此时，羞不能答，俯首须臾，委婉言曰：

“三郎，胡为而作如是言？令浅尝者无地自容。但愿三郎将今日之画见赐，俾为临本，兼作永永纪念，以画中意况，亦与余身世吻合。迹君心情，宁谓非然者？”

余曰：“余久不复属意于画，盖已江郎才尽。阿姊自是才调过人，固应使我北面红妆，云何谓我妄言？”

静子含羞不余答。余亦无言，但双手擎余画献之，且无心而言曰：“敬乞吾畏友哂存，聊申稚弟倾服之诚，非敢言画也。”

静子欣然曰：“三郎此言，适足以彰大作之益可贵耳。”言已，即平铺袖角，端承余画，以温厚之词答曰：“敬谢三郎。三郎无庸以畏友外我。今得此画，朝夕对之，不敢忘赐画人也。”

是夕，微月已生西海，水波不兴。余乃负杖出门，随步所之，遇渔翁，相与闲话，迄翁收拾垂纶，余亦转身归去。时夜静风严，余四顾，舍海曲残月而外，别无所睹。及去余家仅丈许，瞥见有人悄立海边孤石之旁，静观海面，余谛瞩倩影亭亭，知为静子，遂前叩之曰：“立者其吾阿姊乎？”

静子闻余声，却至欣悦，急回首应曰：“三郎，归何晏？独不避海风耶？吾迟三郎于此久矣。三郎出时可曾加衣否？向晚气候，不比日间，恐非三郎所胜，不能使人无戚戚于中。三郎善自珍摄，寒威滋可畏也。”

余即答曰：“感谢吾姊关垂。天寒夜寂，敬问吾姊于此，沉沉何思？女弟胡未奉侍左右？”

静子则柔声答曰：“区区弱质，奚云惜者？今余方自家中来，姨母、令姊、令妹及阿母，咸集厨下制瓜团粉果，独余偷闲来此，奉候三郎。三郎归，吾心至适。”

余重谢之曰：“深感阿姊厚意见待，愧弗克当。望阿姊次回，毋冒夜以伫我。吾姊恩意，特恐下走不称消受耳。”

余言毕，举步欲先入门，静子趋前娇而扶将曰：“三郎且住。三郎悦我请问数言乎？”

余曰：“何哉，姊胡为客气乃尔？阿姊欲有下问，稚弟固无不愿奉白者也。”

静子踌躇少间，乃出细腻之词，第一问曰：“三郎，迩来相见，颇带幽忧之色，是何故者？是不能令人无郁拂。今愿窃有请耳。”

余此时心知警兆，兀立不语。静子第二问曰：“三郎可知今日阿母邀姨母同令姊，往礼淡岛明神，何因也？吾思三郎必未之审。”

余闻语茫然，瞠不能答，旋曰：“果如阿姊言，未之悉也。”

静子低声而言，其词断续不可辨，似曰：“三郎鉴之，总为君与区区不肖耳。”

第十六章

余胸震震然，知彼美言中之骨也。余正怔忡间，转身稍离静子所立处，故作漫声指海面而言曰："吾姊试谛望海心黑影，似是鱼舸经此，然耶？否耶？"

静子垂头弗余答。少选，复步近余胸前，双波略注余面。余在月色溟蒙之下，凝神静观其脸，横云斜月，殊胜端丽。此际万籁都寂，余心不自镇，既而昂首瞩天，则又乌云弥布，只馀残星数点，空摇明灭。余不觉自语曰："吁！此非人间世耶？今夕吾何为置身如是景域中也？"

余言甫竟，似有一缕吴绵，轻温而贴余掌。视之，则静子一手牵余，一手扶彼枯石而坐。余即立其膝畔，而不可自脱也。

久之，静子发清响之音，如怨如诉曰："我且问三郎，先是姨母，曾否有言关白三郎乎？"

余此际神经已无所主，几于膝摇而牙齿相击，垂头不敢睇视，心中默念，情网已张，插翼难飞，此其时矣。

但闻静子连复问曰："三郎乎，果阿姨作何语？三郎宁勿审于世情者，抑三郎心知之，故弗肯言？何见弃之深耶？余日来见三郎愀然不欢，因亦不能无渎问耳。”

余乃力制惊悸之状，嗫嚅言曰：“阿娘向无言说，虽有，亦已依稀不可省记。”

余言甫发，忽觉静子筋脉跃动，骤松其柔荑之掌。余知其心固中吾言而愕然耳。余正思言以他事，忽尔悲风自海面吹来，乃至山岭，出林薄而去。余方凝伫间，静子四顾惶然，即襟间出一温香罗帕，填余掌中，立而言曰：“三郎，珍重。此中有绣角梨花笺，吾婴年随阿母挑绣而成，谨以奉赠，聊报今晨杰作，君其纳此。此闲花草，宁足云贡？三郎其亦知吾心耳！”

余乍闻是语，无以为计。自念拒之于心良弗忍，受之则睹物思人，宁可力行正照，直证无生耶？余反复思维，不知所可。

静子故欲有言，余陡闻阴风怒号，声振十方，巨浪触石，惨然如破军之声。静子自将笺帕袭之，谨纳余胸间。既讫，遽握余臂，以腮熨之，嘤嘤欲泣曰：“三郎受此勿戚，愿苍苍者佑吾三郎无恙。今吾两人同归，朝母氏也。”余呆立无言，惟觉胸间趯趯而跃。静子娇不自胜，挽余徐行。及抵斋中，稍觉清爽，然心绪纷乱，废弃一切。此夜今时，因悟使不析吾五漏之躯，以还父母，又那能越此情关，离诸忧怖耶?

第十七章

翌朝，天色清朗，惟气候遽寒，盖冬深矣。余母晨起，即部署厨娘，出餺飥，又陈备饮食之需。既而齐聚膳厅中，欢声腾彻。余始知姊氏今日归去。静子此际作魏代晓霞妆，馀发散垂右肩，束以䍠带，迥绝时世之装，腼腆与余为礼，益增其冷艳也。余既近炉联坐，中心滋耿耿，以昨夕款语海边之时，余未以实对彼姝故耳。已而姊氏辞行，余见静子拖百褶长裙，手携余妹送姊氏出门。余步跟其后，行至甬道中，余母在旁，命余亦随送阿姊。

静子闻命，欣然即转身为余上冠杖。余曰："谨谢阿姊，待我周浃。"

余等齐行，送至驿上，展軨车发，遂与余姊别。归途惟静子及余兄妹三人而已。静子缓缓移步，远远见农人治田事，因出其纤指示余，顺口吟曰："采菱辛苦废犁锄，血指流丹鬼质枯。无力买田聊种水，近来湖面亦收租。三郎，此非范石湖之诗欤？在宋已然，无怪吾国今日赋税之繁且重，吾为村人生无限悲感耳。"

静子言毕，微喟，须臾忽绛其颊，盼余问曰："三郎得毋劳顿？日来身心，亦无患耶？吾晨朝闻阿母传言，来周过已，更三日，当挈令妹及余归箱根。未审于时三郎可肯重尘游屐否？”

余闻言，万念起落，不即答，转视静子，匿面于绫伞流苏之下，引慧目迎余，为状似甚羞涩。余曰：“如阿娘行，吾必随叩尊府。”

余言已，复回顾静子眉端，隐约见愁态。转瞬，静子果蕴泪于眶，嘤然而呻曰：“吾晨来在膳厅中，见三郎胡乃作戚戚容？得毋玉体违和？敢希见告耳。苟吾三郎有何伤感，亦不妨掬心相示，幸毋见外也。”

余默默弗答。静子复微微言曰：“君其怒我乎？胡靳吾请？”

余停履抗声答曰：“心偶不适，亦自不识所以然。劳阿姊询及，惭惕何可言，万望阿姊饶我。”

余且行且思，赫然有触于心，弗可自持，因失声呼曰：“吁！吾滋愧悔于中，无解脱时矣！”

余此时泪随声下。静子虽闻余言，殆未得窥余命意所在，默不一语。继而容光惨悴，就胸次出丹霞之巾，授余揾泪，慰藉良殷，至于红泪沾襟。余暗惊曰：“吾两人如此，非寿征也！”

旁午，始莅家庭，静子与余都弗进膳。

第十八章

余姊行后，忽忽又三日矣。此日大雪缤纷，余紧闭窗户，静坐思量，此时正余心与雪花交飞于茫茫天海间也。余思久之，遂起立徘徊，叹曰："苍天，苍天，吾胡尽日怀抱百忧于中，不能自弭耶？学道无成，而生涯易尽，则后悔已迟耳。"

余谛念彼姝，抗心高远，固是大善知识，然以眼波决之，则又儿女情长，殊堪畏怖。使吾身此时为幽燕老将，固亦不能提刚刀慧剑，驱此婴婴宛宛者于漠北。吾前此归家，为吾慈母，奚事一逢彼姝，遽加余以尔许缠绵婉恋，累余虱身于情网之中，负已负人，无有是处耶？嗟乎，系于情者，难平尤怨，历古皆然。吾今胡能没溺家庭之恋，以闲愁自戕哉？佛言："佛子离佛数千里，当念佛戒。"吾今而后，当以持戒为基础，其庶几乎。余轮转思维，忽觉断惑证真，删除艳思，喜慰无极。决心归觅师傅，冀重重忏悔耳。第念此事决不可以禀白母氏，母氏知之，万不成行矣。

忽而余妹手托锦制瓶花入，语余曰："阿兄，此妹手造慈溪派插花，阿兄月旦，其能有当否？"

余无言，默视余妹，心忽恫楚，泪盈余睫，思欲语以离家之旨，又恐行不得也。迄吾妹去后，余心颤不已，返身掩面，成泪人矣。

此夕，余愁绪复万叠如云，自思静子日来恹恹，已有病容。迹彼情词，又似有所顾虑，抑已洞悉吾隐衷，以我为太上忘情者欤？今既不以礼防为格，吾胡不亲过静子之室，叙白前因，或能宥我。且名姝深愫，又何可弃捐如是之速者？思已，整襟下楼，缓缓而行。及至廊际，闻琴声，心知此吾母八云琴，为静子所弹，以彼姝喜调《梅春》之曲也。至“夜迢迢，银台绛蜡，伴人垂泪”句，忽而双弦不谐，嘤变滞而不延，似为泪珠沾湿。迄馀音都杳，余已至窗前，屏立不动。

乍闻余妹言曰：“阿姊，晨来所治针黹，亦已毕业未？”

静子太息答余妹曰：“吾欲为三郎制领结，顾累日未竟，吾乃真孺稚也。”

余既知余妹未睡，转身欲返，忽复闻静子凄声和泪，细诘余妹曰：“吾妹知阿兄连日胡因郁郁弗舒，恒露忧思之状耶？”

余妹答曰：“吾亦弗审其由。今日尚见阿兄独坐斋中，泪潸潸下，良匪无以。妹诚愕异，又弗敢以禀阿娘。吾姊何以教我慰阿兄耶？”

静子曰：“顾乃无术。惟待余等归期，吾妹努力助我，要阿兄同行，吾宁家，则必有以舒阿兄郁结。阿兄莅吾家，兼可与吾妹剧谈破寂，岂不大妙？不观阿兄面庞，近日十分消瘦，令人滋恨恨。今有一言相问吾妹，妹知阿母、阿姨或阿姊，向有何语吩咐阿兄否？”

余妹曰：“无所闻也。”

静子不语。久之，微呻曰：“抑吾有所开罪阿兄耶？余虽勿慧，曷遂相见则……”言至此，噫焉而止。复曰：“待明日，但乞三郎加示喻耳。”

静子言时，凄咽不复成声。余猛触彼美沛然至情，万绪悲凉，不禁唏嘘泣下，乃归，和衣而寝。

第十九章

天将破晓，余忧思顿释，自谓觅得安心立命之所矣。盥漱既讫，于是就案搦管构思，恍然少间，力疾书数语于笺素云：

静姊妆次：

鸣呼，吾与吾姊终古永诀矣！余实三戒俱足之僧，永不容与女子共住者也。吾姊盛情殷渥，高义干云，吾非木石，云胡不感？然余固是水曜离胎，遭世有难言之恫，又胡忍以飘摇危苦之躯，扰吾姊此生哀乐耶？今兹手持寒锡，作远头陀矣。尘尘刹刹，会面无因。伏维吾姊，贷我残生，夫复何云？倏忽离家，未克另禀阿姨、阿母，幸吾姊慈悲哀愍，代白此心，并婉劝二老切勿悲念顽儿身世，以时强饭加衣，即所以怜儿也。

幼弟三郎含泪顶礼

书毕，即急易装，将笺暗纳于芒骨细盒之内。盒为静子前日盛果媵余，余意行后，静子必能检盒得笺也。摒挡既毕，举目见壁上铜钟，锵锵七奏，一若催余就道者。此时阿母、阿姨咸在寝室，为余妹理衣饰。静子与厨娘、女侍，则在厨下，都弗余觉。余竟自辟栅潜行，行数武，余回顾，忽见静子亦匆匆踵至，绿鬓垂于耳际，知其还未栉掠，但仓皇呼曰：“三郎，侵晨安适？夜来积雪未消，不宜出行。且晨餐将备，曷稍待乎？”

余心为赫然，即脱冠致敬，恭谨以答曰：“近日疏慵特甚，忘却为阿姊道晨安，幸阿姊恕之。吾今日欲观白泷不动尊神，须趁雪未溶时往耳。敬乞阿姊勿以稚弟为念。”

静子趋近余前，愕然作声问曰：“三郎颜色，奚为乍变？得毋感冒？”言毕，出其腻洁之手，按余额角，复执余掌言曰：“果热度腾涌。三郎此行可止，请速归家，就榻安歇，待吾禀报阿母。”言时声颤欲嘶。

余即陈谢曰：“阿姊太过细心，余惟觉头部微晕，正思外出，吸取清气耳。望吾姊勿尼吾行。二小时后，余即宁家，可乎？”

静子以指掠其鬓丝，微叹不余答。久乃娇声言曰：“然则，吾请侍三郎行耳。”

余急曰：“何敢重烦玉趾，余一人行道上，固无他虑。”

静子似弗怿，含泪盼余，喟然答曰："否。粉身碎骨，以卫三郎，亦所不惜，况区区一行耶？望三郎莫累累见却，即幸甚矣。"

余更无词固拒，权伴静子逡巡而行。道中积雪照眼，余略顾静子芙蓉之靥，衬以雪光，庄艳绝伦，吾魂又为之奭然而摇也。静子频频出素手，谨灸余掌，或扪余额，以觇热度有无增减。俄而行经海角砂滩之上，时值海潮初退，静子下其眉睫，似有所思。余瞩静子清癯已极，且有泪容，心滋恻怅，遂扶静子腰围，央其稍歇。静子脉脉弗语，依余憩息于细软干砂之上。

此时余神志为爽，心亦镇定，两鬓热度尽退，一如常时，但静默不发一言。静子似渐释其悲哽，尚复含愁注视海上波光。

久久，忽尔扶余臂愀然问曰："三郎，何思之深也？三郎或勿讶吾言唐突耶？前接香江邮筒，中附褪红小简，作英吉利书，下署罗弼氏者，究属谁家扫眉才子，可得闻乎？吾观其书法妩媚动人，宁让簪花格体？奈何以此蟹行乌丝，惑吾三郎，怏怏至此田地？余以私心决之，三郎意似怜其薄命如樱花然者。三郎今兹肯为我倾吐其详否耶？”

余无端闻其细腻酸咽之词，以余初不宿备，故噤不能声。静子续其声韵曰：“三郎，胡为缄口如金人？固弗容吾一闻芳讯耶？”

余遂径报曰：“彼马德利产，其父即吾恩师也。”

静子闻言，目动神慌，似极惨悸，故迟迟言曰：“然则彼人殆绝代丽姝，三郎固岂能忘怀者？”言毕，哆其唇樱，回波注睇吾面，似细察吾方寸作何向背。

余略引目视静子，玉容瘦损，忽而慧眼含红欲滴。余心知此子固天怀活泼，其此时情波万叠而中沸矣。余情况至窘，不审将何词以答。少选，遽作庄容而语之曰：“阿姊当谅吾心，絮问何为？余实非有所恋恋于怀。顾余素怏怏不自聊者，又非如阿姊所料。余周历人间至苦，今已绝意人世，特阿姊未之知耳。”

余言毕，静子挥其长袖，掩面悲咽曰：“宜乎三郎视我，漠若路人，余固乌知者？”已而复曰：“嗟乎！三郎，尔意究安属？心向丽人则亦已耳，宁遂忍然弗为二老计耶？”

余聆其言，良不自适，更不忍伤其情款。所谓藕断丝连，不其然欤？余遂自缩愁丝，佯慰之曰：“稚弟胡敢者？适戏言耳，阿姊何当介蒂于中，令稚弟惶恐无地。实则余心绪不宁，言乃无检。阿姊爱我既深，尚冀阿姊今以恕道加我，感且无任耳！阿姊其见宥耶？”

静子闻余言，若喜若忧，垂额至余肩际，方含意欲申，余即抚之曰：“悲乃不伦，不如归也。”

静子愁愫略释，盈盈起立，捧余手重复亲之，言曰：“三郎记取，后此无论何适，须约我偕行，寸心释矣。若今晨匆匆自去，将毋令人悬念耶？”

余即答曰：“敬闻命矣。”

静子此时俯身，拾得虹纹贝壳，执玩反复，旋复置诸砂面，为状似甚乐也。已而骈行，天忽阴晦，欲雪不雪，路无行人。静子且行且喟。余栗栗惴惧不已，乃问之曰：“阿姊奚叹？”

静子答曰：“三郎有所不适，吾心至慊。”

余曰：“但愿阿姊宽怀。”

此时已近山脚孤亭之侧，离吾家只数十武，余停履谓曰：“请阿姊先归，以慰二老。小弟至板桥之下，拾螺蛤数枚，归贻妹氏，容缓二十分钟宁家。第恐有劳垂盼，阿姊愿耶，否耶？”

静子曰：“甚善。余先归为三郎传朝食。”言毕，握余手略鞠躬言曰：“三郎，早归。吾偕令妹伫伺三郎，同御晨餐。今夕且看明月照积雪也。”

余垂目细瞻其雪白冰清之手，微现蔚蓝脉线，良不忍遽释，惘然久之，因曰：“敬谢阿姊礼我。”

第二十章

余目送静子珊珊行后，喟然而叹曰：“甚矣，柔丝之绊人也！”

余自是力遏情澜，亟转山脚疾行。渐前，适有人夫牵空车一辆，余招而乘之，径赴车站。购票讫，汽车即发。二日半，经长崎，复乘欧舶西渡。余方豁然动念，遂将静子曩日所媵凤文罗简之属，沉诸海中，自谓忧患之心都泯。

更二日，抵上海，余即日入城，购僧衣一一着易之，萧然向武林去，以余素慕圣湖之美，今应顺道酬吾夙愿也。既至西子湖边，盈眸寂乐，迴绝尘寰。余复泛瓜皮舟，之茅家埠。

既至，余舍舟，肩挑被席数事，投灵隐寺，即宋之问“楼观沧海日，门对浙江潮”处也。余进山门，复至客堂，将行李放堂外左边，即自往右边鹄立。

久久，有知客师出问曰：“大师何自而来？”

余曰：“从广州来。”

知客闻言欣然曰：“广东富饶之区也。”

余弗答，摩襟出牒示之。知客审视牒讫，复欣然导余登南楼安息。余视此楼颇广，丁方可数丈，楼中一无所有，惟灰砖数方而已。

迄薄暮，斋罢，余急就寝，即以灰砖代枕。入夜，余忽醒，弗复成寐，又闻楼中作怪声甚厉。余心惊疑是间有鬼，惨栗不已，急以绒毡裹头，力闭余目，虽汗出如沈，亦弗敢少动。漫漫长夜，不胜苦闷。天甫迟明，闻钟声，即起，询之守夜之僧，始知楼上向多松鼠，故发此怪声，来往香客，无不惊讶云。

晨粥既毕，主持来嘱余曰："师远来，晨夕无庸上殿，但出山门扫枯叶柏子，聚而焚之。"

余曰："谨受教。"

过午，复命余将冷泉亭石脚衰草剔净。如是安居五日，过已，余颇觉翛然自得，竟不识人间有何忧患，有何恐怖。听风望月，万念都空。惟有一事，不能无憾，以是间风景为圣湖之冠，而冠盖之流，往来如鲫，竟以清净山门，为凡夫俗子宴游之区，殊令人弗堪耳。

第二十一章

余一日无事，偶出春淙亭眺望，忽见壁上新题，墨痕犹湿。

余细视之，即《捐官竹枝词》数章也，其词曰：

二品加衔四品阶，皇然绿轿四人抬。
黄堂半跪称卑府，白简通详署宪台。
督抚请谈当座揖，臬藩接见大门开。
便宜此日称观察，五百光洋买得来。

大夫原不会医生，误被都人唤此名。
说梦但求升道府，升阶何敢望参丞。
外商吏礼皆无分，兵户刑工浪挂名。
一万白银能报效，灯笼马上换京卿。

一麾分省出京华，蓝顶花翎到处夸。
直与翰林争俸满，偶兼坐办望厘差。
大人两字凭他叫，小考诸童听我枷。
莫问出身清白否，有钱再把道员加。

工赈捐输价便宜，白银两百得同知。

官场逢我称司马，照壁凭他画大狮。
家世问来皆票局，大夫买去署门楣。
怪他多少功牌顶，混我胸前白鹭鹚。

八成遇缺尽先班，铨补居然父母官。
刮得民膏还夙债，掩将妻耳买新欢。
若逢苦缺还求调，偏想诸曹要请安。
别有上台饶不得，一年节寿又分餐。

补褂朝珠顶似晶，冒充一个状元郎。
教官都作加衔用，般户何妨苦缺当。
外放只能抡刺史，出身原是做厨房。
可怜裁缺悲公等，丢了金钱要发狂。

小小京官不足珍，素珠金顶亦荣身。
也随编检称前辈，曾向王公作上宾。
借与招牌充剃匠，呼来雅号冒儒臣。
衔条三字翰林院，诳得人家唤大人。

余读至此，谓其词雅谑。首章指道员，其二郎中，其三知府，其四同知，其五知县，其六光禄寺署丞，其七待诏，惜末章为风雨剥灭，不可辨，只剩“天丧斯文人影绝，官多捷径士心寒”一联而已。此时科举已废，盖指留学生而言也。

余方欲行，适有少年比丘，负囊而来。余观其年，可十六七，面带深忧极恨之色。见余即肃容合十，向余而言曰：“敬问阿师，此间能容我挂单否乎？”

余曰：“可，吾导尔至客堂。”

比丘曰：“阿弥陀佛。”

余曰：“子来从何许？观子形容，劳困已极，吾请助子负囊。”

比丘颦蹙曰：“谢师厚意。吾果困顿，如阿师言。吾自湖南来者，吾发愿参礼十方，形虽枯槁，第吾心中懊恼，固已净尽无余，且勿知苦为何味也。”

第二十二章

晚上比丘与余同歇楼上，余视其衣单，均非旧物，因意其必新剃度，又一望可知其中心实有千端愁恨者。遂叩之曰："子出家几载？"

比丘聆余言，沉思久之，凄然应余曰："吾削发仅月馀耳。阿师待我殊有礼义，中心宁弗感篆？我今且语阿师以吾何由而出家者：

"吾恨人也，自幼失怙恃。吾叔贪利，鬻余于邻邑巨家为嗣。一日，风雨凄迷，余静坐窗间，读《唐五代词》，适邻家有女，亦于斯时当窗刺绣。余引目望之，盖代容华，如天仙临凡也。然余初固不敢稍萌妄念。忽一日，女缮一小小蛮笺，以红线轻系于蜻蜓身上，令徐徐飞入余窗。盖邻窗与余窗斜对，仅离六尺，下有小河相界耳。余得笺，循还洛诵，心醉其美，复艳其情，因叹曰：'吾何修而能枉天仙下盼耶？'由是梦魂，竟被邻女牵系，而不能自作主持矣。此后朝夕必临窗对晤，且馈余以锦绣文房之属。吾知其家贫亲老，亦厚报之以金，如是者屡矣。

"一日，女复自绣秋海棠笔袋，实以旃檀香屑见贶。余感邻女之心，至于万状，中心自念，非更得金以酬之，无以自对良心也。顾此时阮囊羞涩，遂不获已，告贷于厮仆。不料仆阳诺而阴述诸吾义父之前。翌晨，义父严责余曰：‘吾素爱汝，汝竟行同浪子耶？吾家断无容似汝败行之人，汝去！’义父言毕，即草一函，嘱余挈归，致吾叔父。余受函入房，女犹倚窗迎余含笑。余正色告之曰：‘今日见摈于老父，后此何地何时，可图良会耶？’女聆余言，似不欢，怫然竖其一指，逡巡答余曰：‘今夕无月，君于十一句钟，以舴艋至吾屋后。君能之乎？’余亟应曰：‘能之。’余既领香谕，自以为如天之福也，即归至家。叔父诘余曰：‘汝语我，将钱何所用，赌耶？交游无赖耶？’余惟恭默，不敢答一辞，恐直言之，则邻女声名瓦解，是何可者？俄顷，叔父复问曰：‘汝究与谁人赌耶？’余弗答如故。遂益中吾叔父之怒，乃以桐城烟斗，乱剥余肩。余忍痛不敢少动，又不敢哭。

“黄昏后，余潜取邻舍渔舟，肩痛不可忍。自念今夕不行，将负诺，则痛且死，亦安能格我者？遂勉力摇舟，欸乃而去。及至其宅，刚九句钟，余心滋慰，竟忘痛楚。停桡于屋角，待久之，不见人影，良用焦忧。忽骤雨如覆盆，余将孤艇驶至墙缘芭蕉之下，冒风雨而立，直至四更，亦复杳然。余心知有变，跃身入水，无知觉已。

“迄余渐醒，四瞩竹篱茅舍，知为渔家。一翁一媪，守余侧，频以手按余胸次，甚殷。余突然问曰：‘叟及夫人拯吾命耶？然余诚无面目更生人世。’媪曰：‘悲哉，吾客也！客今且勿言。天必佑客平安无事，吾谢天地。’余闻媪言辞温厚，不觉堕泪，悉语以故。媪白发婆娑，摇头叹曰：‘天下负心人儿，比比然也。客今后须知自重。’叟曰：‘勉乎哉，客今回头是岸，佳也。’

“余收泪跪别翁媪而行，莫审所适，悲腾恨溢，遂入岳麓为僧。乃将腰间所系海棠笔袋并香屑葬于飞来钟树脚之侧，后此附商人来是间。今兹茫茫宇宙，又乌睹所谓情，所谓恨耶？”

余闻湘僧言讫，历历忆及旧事，不能宁睡。忽依稀闻慈母责余之声，神为耸然而动，泪满双睫，顿发思家之感。翌朝，余果病不能兴。湘僧晨夕为余司汤药粥施各事，余辄于中夜感极涕零，遂与湘僧为患难交。后此湘僧亦备审吾隐恫，形影相吊，无片刻少离。余病兼旬，始获清健，能扶杖出山门眺望，潭映疏钟，清人骨髓。

第二十三章

忽一日，监院过余言曰："明日中元节，城内麦家有法事，首座命衲应赴，并询住僧之中，谁合选为同伴者。衲以师对，首座喜甚。道师沉静寡言，足壮山门风范，能起十方宗仰。且麦氏亦岭南人，以师款洽，较他人方便，此吾侪不得不借重于吾师也。"

余答曰："余出家以来，未尝习此，舍《香赞》《心经》《大悲咒》而外，一无所能。恐辱命，奈何？"

监院曰："瑜伽焰口，只此亦够。尚有侍者三人，于诸事殊练达。师第助吾等敲木鱼及添香剪烛之外，无多劳。万望吾师勿辞辛苦，则常住增光矣。"

余不获已，允之。监院欣然遂去。余语湘僧曰："此无益于正教，而适为人鄙夷耳。应赴之说，古未之闻。昔白起为秦将，坑长平降卒四十万。至梁武帝时，志公智者，提斯悲惨之事，用警独夫好杀之心，并示所以济拔之方。武帝遂集天下高僧，建水陆道场七昼夜，一时名僧咸赴其请。应赴之法，自此始。

“余尝考诸内典：昔佛在世，为法施生，以法教化四生。人间天上，莫不以五时八教，次第调停而成熟之；诸弟子亦各分化十方，恢弘其道。迨佛灭度后，阿难等结集三藏，流通法宝。至汉明帝时，佛法始入震旦。唐宋以后，渐入浇漓，取为衣食之资，将作贩卖之具。嗟夫，异哉！自既未度，焉能度人？譬如下井救人，二俱陷溺。且施者，与而不取之谓；今我以法与人，人以财与我，是谓贸易，云何称施？况本无法与人，徒资口给耶？纵有虔诚之功，不赎贪求之过。若复苟且将事，以希利养，是谓盗施主物，又谓之负债用。律有明文，呵责非细。”

湘僧曰：“阿师言深有至理，令人不可置一词也。第余又不解志公胡必作此忏仪，延误天下苍生耶？”

余曰：“志公本是菩萨化身，能以圆音利物。唐持梵呗，已无补秋毫。矧在今日凡僧，更何益之有？云栖广作忏法，蔓延至今，徒误正修，以资利养，流毒沙门，其祸至烈。至于禅宗本无忏法，而今亦相率崇效，非宜深戒者乎？顾吾与子，俱是正信之人，既皈依佛，但广说其四谛八正道，岂人天小果有漏之因，同日语哉？”

湘僧曰：“善哉！马鸣菩萨言：诸菩萨舍妄，一切显真实，诸凡夫覆真，一切显虚妄。”

第二十四章

明日，余随监院莅麦氏许，然余未尝询其为何名，隶何地，但知其为宰官耳。

入夜，法事开场，此余破题儿第一遭也。此时男女叠肩环观者甚众。监院垂睫合十，朗念真言，至“想骨肉已分离，睹音容而何在”，声至凄恻。及至“呜呼！杜鹃叫落桃花月，血染枝头恨正长”，又“昔日风流都不见，绿杨芳草髑髅寒”，又“将军战马今何在，野草闲花满地愁”等句，则又悲健无论。斯时举屋之人，咸屏默无声，注瞩余等。

余忽闻对壁座中，有婴宛细碎之声，言曰：“殆此人无疑也。回忆垂髫，恍如隔世，宁勿凄然？”时复有男子太息曰：“伤哉！果三郎其人也。”

余骤闻是言，岂不惊怛？余此际神色顿变，然不敢直视。女郎复曰：“似大病新瘥，我知三郎固有难言之隐耳。”

余默察其声音，久之，始大悟其即麦家兄妹，为吾乡里，又为总角同窗。计相别五载，想其父今为宦于此。回首前尘，徒增浩叹耳。忆余羁香江时，与麦氏兄妹结邻于卖花街。其父固性情中人，意极可亲，御我特厚，今乃不期相遇于此，实属前缘。余今后或能藉此一讯吾旧乡之事，斯亦足以稍慰飘零否耶？余心于是镇定如常。

黎明，法事告完，果见僮仆至余前揖曰：“主人有命，请大师贲临书斋便饭。”

余即随之行。此时，同来诸僧咸骇异，以彼辈未尝知余身世，彼意谓余一人见招，必有殊荣极宠。盖今之沙门，虽身在兰阇，而情趣缨茀者，固如是耳！

及余至斋中，见餐事陈设甚盛，有莼菜，有醋鱼、五香腐干、桂花栗子、红菱藕粉、三白西瓜、龙井虎跑茶、上蒋虹字腿，此均为余特备者。余心默感麦氏，果依依有故人之意，足征长者之风，于此炎凉世态中，已属凤毛麟角矣。

少须，麦氏携其一子一女出斋中，与余为礼。余谛认麦家兄妹，容颜如故，戏彩娱亲；而余抱无涯之戚，四顾萧条，负我负人，何以堪此？因掩面哀咽不止。麦氏父子，深形凄怆，其女公子亦不觉为余而作啼妆矣。

无语久之，麦氏抚余庄然言曰："孺子毋愁为幸。吾久弗见尔。先是闻乡人言，吾始知尔已离俗，吾正深悲尔天资俊爽，而世路凄其也。吾去岁挈家人侨居于此，昨夕儿辈语我，以尔来吾家作法事，令老夫惊喜交集。老夫耄矣，不料犹能会尔，宁谓此非天缘耶？尔父执之妇，昨春迁居香江，死于喉疫。今老夫愿尔勿归广东。老夫知尔了无凡骨，请客吾家，与豚儿作伴，则尔于余为益良多。尔意云何者？"

余闻父执之妻早年去世，满怀悲感，叹人事百变叵测也。

第二十五章

余收泪启麦氏曰：“铭感丈人，不以残衲见弃，中心诚惶诚恐，将奚以为报？然寺中尚有湘僧名法忍者，为吾至友，同居甚久，孺子滋不忍离之。后此孺子当时叩高轩侍教，丈人其恕我乎？”

麦氏少思，蔼然言曰：“如是亦善，吾惟恐寺中苦尔。”

余即答曰：“否，寺僧遇我俱善。敬谢丈人垂念小子，小子何日忘之？”

麦氏喜形于色，引余入席。顾桌上浙中名品咸备，奈余心怀百忧，于此时亦味同嚼蜡耳。饭罢，余略述东归寻母事。麦氏举家静听，感喟无已。麦家夫人并其太夫人，亦在座中，为余言天心自有安排，嘱余屏除万虑。余感极而继之以泣。及余辞行，麦家夫人出百金之票授余，嘱曰：“孺子莫拒，纳之用备急需也。”

余拜却之曰：“孺子自逗子起行时，已备二百金，至今还有其半，在衣襟之内。此恩吾惟心领，敬谢夫人。”

余归山门。越数日，麦家兄妹同来灵隐，视余于冷泉亭。余乘间问雪梅近况何若。初，兄妹皆隐约其辞，余不得端倪。因再叩之，凡三次。其妹微蹙其眉，太息曰："其如玉葬香埋何？"

余闻言几踣，退立震慑，捶胸大恫曰："果不幸耶？"

其兄知旨，急搀余臂曰："女弟孟浪，焉有是事？实则……"语至此，转复慰余曰："吾爱友三郎，千万珍重。女弟此言非确，实则人传彼姝春病颇剧耳。然吉人自有天相，万望吾爱友切勿焦虑，至伤玉体。"余遂力遏其悲。

是日，麦家兄妹复邀余同归其家。翌晨，余偶出后苑嘘气，适逢其妹于亭桥之上，扶栏凝睇，如有所思。既见余至，不禁红上梨涡，意不忍为陇中佳人将消息耳。余将转身欲行，其妹回眸一盼，娇声问曰："三郎其容我导君一游苑中乎？"

余即鞠躬，庄然谢曰："那敢有劳玉趾？敬问贤妹一言，雪梅究存人世与否？贤妹可详见告欤？"

其妹嘤然而呻，辄摇其首曰："谚云：'继母心肝，甚于蛇虺。'不诚然哉？前此吾居乡间，闻其继母力逼雪姑为富家媳，迨出阁前一夕，竟绝粒而夭。天乎！天乎！乡人咸悲雪姑命薄，吾则叹人世之无良，一至于此也！”

余此时确得噩信，乃失声而哭，急驰返山门，与法忍商酌，同归岭海，一吊雪梅之墓，冀慰贞魂。明日午后，麦氏父子，亲送余等至拱宸桥，挥泪而别。

第二十六章

余与法忍至上海，始悉襟间银票，均已不翼而飞，故不能买舟，遂与法忍决定行脚同归。沿途托钵，蹭蹬已极。逾岁，始抵横蒲关，入南雄边界。既过红梅驿，土人言此去俱为坦途，然水行不一由延能达始兴。余二人尽出所蓄，尚可敷舟资及粮食之用，于是扬帆以行。风利，数日遂过浈水，至始兴县，余二人忧思稍解。

是夕，维舟于野渡残杨之下。时凉秋九月矣，山川寥寂，举目苍凉。忽有西北风潇飒过耳，余悚然而听之，又有巨物呜呜然袭舟而来，竟落灯光之下，如是者络续而至。余异而瞩之，约有百数，均团脐胖蟹也。此为余初次所见，颇觉奇趣。

法忍语余曰："吾闻丹凤山去此不远，有张九龄故宅，吾二人明晨当纡道往观。"又曰："惜吾两人不能痛饮，否则将此蟹煮之，复入村沽黄醑无量，尔我举匏樽以消幽恨。奈何此夕百忧感其心耶？"

语次，舟子以手指枫林旷刹告余二人曰："此即怀庵古兰若也，金碧飘零尽矣。父老相传，甲申三月，吾族遗老誓师于此，不观腐草转磷，至今犹在？嗟乎！风景依然，而江山已非，宁不令人愀然生感，唏嘘不置耶？”

迨余等将睡，忽而黑风暴雨遽作。余谓法忍：“今夕不能住宿舟中，不若同往荒殿少避风雨，明日重行。”法忍曰：“善。”余二人遂辞舟子，向枫林摩道而入。既至山门，缭垣倾圮殆尽，扉亦无存者。及入，殿中都无声响，惟见佛灯，光摇四壁。殿旁有甬道，通一耳室，余意其为住僧寮房，故止步弗入。法忍手扪碑上题诗，读曰：

十郡名贤请自思，座中若个是男儿？
鼎湖难挽龙髯日，鸳水争持牛耳时。
哭尽冬青徒有泪，歌残凝碧竟无诗。
故陵麦饭谁浇取，赢得空堂酒满卮。

余曰：“此澹归和尚贻吴梅村之诗也。当日所谓名流，忍以父母之邦，委于群胡，残暴戮辱，亦可想而知矣。澹归和尚固是顶天立地一堂堂男子。呜呼！丹霞一炬，遗老幽光，至今犹屈而不申，何天心之愦愦也？”

时暴雨忽歇，余与法忍无言，解袱卧于殿角。余陡然从梦中惊醒，时万籁沉沉，微闻西风振箨，参以寒虫断续之声。忽有念《蓼莪》之什于侧室者，其声酸楚无伦。听至“哀哀父母，生我劬劳”句，不禁沉沉大恫，心为摧折。

晨兴，天无宿翳。余视此僧，呜呼，即余乳媪之子潮儿也！余愕不止。潮儿儿疑余为鬼物，相视久之，悲咽万状曰：“阿兄归几日矣？”

余曰：“昨夕抵此，风雨兼天，故就宿殿内。贤弟何故失容？阿母无恙耶？”

潮儿未及发言，已簌簌落泪，白余言曰：“慈母见背，吾心悲极为僧，庐墓于此，三经弦望矣。”

余闻言，震越失次，趋前抱潮儿而恸哭曰：“吾意归南海必先见吾媪。余自襁褓，独媪一人怜而抚我，不图今已长眠。天乎！吾媪养育之恩，吾未报其万一。天乎！吾心胃都碎矣！”

既而潮儿导余等出西院门，至其亡母墓前，黄土一抔，白杨萧萧，山鸟哀鸣其上。余同法忍，俯伏陨涕。潮儿揾泪言曰：“亡母感古装夫人极矣！舍古装夫人而外，欲得一赐惠之人，无有也。吾前月奉去一笺，不知阿兄遄归。今会阿兄于此，亦余梦魂所不及料，宁非苍天垂悯？先母重泉慰矣。”

第二十七章

余等暂与潮儿为别，遂向雪梅故乡而去。陆行假食，凡七昼夜，始抵黄叶村。读者尚忆之乎？村即吾乳媪前此所居，吾尝于是村为园丁者也。顾我乳媪旧屋，既已易主，外观自不如前，触目多愁思耳。余与法忍，投村边破寺一宿。晨曦甫动，余同法忍披募化之衣，郎当行阡陌间。此时余心经时百转，诚无以对吾雪梅也。

既至雪梅故宅，余伫立，回念当日卖花经此，犹如昨晨耳。谁料云鬓花颜，今竟化烟而去！吾憾绵绵，宁有极耶？嗟乎！雪梅亦必当怜我于永永无穷！余羁縻世网，亦恹恹欲尽矣。惟思余自西行以来，慈母在家，盼余归期，直泥牛入海，何有消息？余诚冲幼，竟敢将阿姨、阿母残年期望，付诸沧渤。思之，余罪又宁可逭耶？此时余乃战兢而前，至门次，颤声联呼："施主，施主！"

少选，小娃出，余审视之，果前此所遇侍儿，遗余以金者。侍儿忽而却立，面容丧失，凝眸盼余二人，若识若不识。

余未发言，寸心碎礫，且哭且叩侍儿曰："子还忆卖花人否耶？雪姑今葬何许？幸子导吾一往，则吾感子恩德弗尽。吾今急不择言，以表吾心，望子怜而恕我。”

侍儿闻余言，始为凛然，继作怒容，他顾久之，厉声曰：“异哉先生，人既云亡，哭胡为者？曾谓雪姑有负于先生耶？试问鬻花郎，吾家女公子为谁魂断也？”言至此，复相余身，双颊殷然，含赪言曰：“和尚行矣，恕奴无礼，以对和尚。”语已返身，力阖其扉。

余正垂首，无由申辩，不图竟为僮娃峻绝，如剚余以刃也。余呆立几不欲生人世。良久，法忍殷殷慰藉，余不觉自缓其悲，乃转身行，法忍随之。既而就村间丛冢之内遍寻，直至斜阳垂落，竟不得彼姝之墓。俄而诸天昏黑，深沉万籁，此际但有法忍与余相对呼吸之声而已。余低声语法忍曰：“良友已矣，吾不堪更受悲怆矣！吾其了此残生于斯乎？”

法忍闻余言，仰首瞩天，少选，以悲哽之声，百端慰解，并劝余归寺，明日更寻归途。余颓僵如尸，幸赖法忍扶余，迤逦而行。

呜呼！踏遍北邙三十里，不知何处葬卿卿。读者思之，余此时愁苦，人间宁复吾匹者？余此时泪尽矣！自觉此心竟如木石，决归省吾师静室，复与法忍束装就道。而不知余弥天幽恨，正未有艾也。

附　录

附录一　苏曼殊略传

柳亚子

广东中山县恭常都沥溪乡人，一八八四年旧历八月十日生于日本横滨，一九一八年阳历五月二日（旧历三月二十二日）殁于上海金神父路广慈医院，年三十五岁（照中国旧习惯算法）。原名苏戬，字子穀，后来改名玄瑛。父亲苏杰生，是横滨万隆茶行的买办，有一妻三妾，第一个妾是日本人，名叫河合仙。杰生在横滨时，雇了一个下女，姓名没有人知道了，家乡的人都称她做“贺哈嫁”。有人说，“贺哈嫁”就是“若子様”“オ若——オクカ”的略称，她的名字应该是“若子”两字。她到杰生家里时，只有十九岁，胸前有一个红痣，杰生说照中国的相法书上讲，她是“当生贵子”的。后来，果然和她生了曼殊，但产后不到三个月，她就跑回她的老家去了，以后是不知下落。于是杰生把曼殊交给河合仙，要她抚养起来，所以曼殊便认河合仙是他生身之母。照我的理想推测起来，河合仙后来一定没有把个中真相告诉曼殊，所以曼殊也就无从知道“贺哈嫁”这一件事情了。

以前我们写《苏玄瑛新传》和《苏曼殊年谱》时，上了《潮音》跋和《断鸿零雁记》的当，以曼殊为日本人宗郎的血胤，这是完全弄错的。但我想，曼殊也不是有意造谣，他知道河合仙嫁给杰生以前，是嫁过一个日本人的，而且生育过。（这就是函跋中的“吾姊榎本荣子”。）所以他对于自己的血统问题，是十分怀疑的。由怀疑而假设，便产生了《潮音》跋和《断鸿零雁记》。结果，《潮音》跋没有登载到《潮音集》上面去，他自己也不能承认这假设是确当。至于《断鸿零雁记》，那是小说，自然便无所顾忌地发表了。这就是他所谓“生世有难言之恫”的原因。现在，由我和曼殊后弟苏维禄的通信，他问过了目击当时情形的杰生第二妾大陈氏，知道曼殊并不是河合仙的亲生儿子，更自然谈不到油瓶问题了。这一件血统的公案，到此可以完全解决。

曼殊是在六岁那一年（一八八九）跟杰生正室黄氏还到沥溪的，七岁入乡塾读书。到九岁时杰生因营业失败，和第二妾大陈氏从横滨还归沥溪，住了三年又同到上海。但杰生并不把曼殊带去，直到一八九六年，曼殊始跟姑母到上海，和杰生及大陈氏同住，开始学习英文。一八九七年，杰生因父病还沥溪，后来父亲死了，大陈氏也离开上海，曼殊只好寄住在姑母家中。一八九八年，始跟表兄林紫垣（曼殊祖母的侄孙）到横滨，入华侨所办的大同学校。一九〇二年毕业转入东京早稻田大学高等预科。一九〇三年改入成城学校，参加拒俄义勇军及军国民教育会，此时曼殊的革命思想已渐渐成熟了。但林紫垣反对他参加革命，断绝供给他的学费，逼他还广东去。谁知曼殊一到上海，便留住下来，假造了一封遗书，写给紫垣，说是投海自杀，紫垣自然无奈他何。曼殊去过苏州，做了吴中公学社的教授；又还到上海来，在国民日报社当翻译，后来报社关门，便把陈独秀、章行严、何梅士骗到了戏馆，自己却还去拿了行严三十块钱，偷偷的走了。一溜烟到香港，住在中国日报社，依旧是不开心，便动了出家的念头，到惠州一个破寺内，投师落发，后此做了和尚。但是又吃不惯苦，一天趁师傅出外募化，把已故师兄的度牒，偷了便走。这师兄是南雄州始兴县姓赵的，在新会县慧龙寺披剃，法名博经，道号超凡。曼殊得了这张度牒，便居然以慧龙寺僧人博经自命了。一九〇四年旧历正月，还到香港被同乡人简世锠看见，还去报告杰生，此时杰生已病重，托简世锠再上香港，叫曼殊还去送终。曼殊和杰生的感情本来淡薄，又因为杰生听了大陈氏的话，和河合仙绝缘，对杰生更不满意，便对简世锠说："我是一个钱都没有的穷光棍，要我还去做什么呢？"简世锠只好废然而返，隔不到几天，杰生便去世了。于是曼殊便与苏家完全断绝关系，来过他的流浪生涯，这一年曼殊是二十一岁。（但据程演生说，曼殊后来游历过无锡的旅费，是由杰生正室黄氏的弟弟供给的，此中确否待证。）

曼殊从香港再到上海，决定了南游的计划，

周历暹罗、锡兰等处，开始学习梵文。不久归国，从事于教读生活，到长沙两次，任实业学堂明德学堂教员；南京任陆军小学教员；芜湖任皖江中学教员。一九〇七年到日本，和章太炎、刘申叔同办《民报》及《天义报》。《民报》是中国同盟会提倡民族革命的机关报，《天义报》却是鼓吹无政府主义的。一九〇八年再到南京，帮杨仁山办祇洹精舍。一九〇九年作第二度的南游，先到星加坡，后到爪哇的噶𠻤，在中华会馆住下教书。这时候曼殊天天嚷着要去印度，结果却没有去成功。一九一一年暑假还日本，秋后再住噶𠻤。那一年旧历八月十九日，武昌革命军便起事了，曼殊是很兴奋的。因为没有钱买船票，所以依旧在噶𠻤度岁。一九一二年旧历二月，还到上海，看看中国的局面还是毫无办法，除了在《太平洋报》上发表《断鸿零雁记》以外，只好躲在窑子内天天吃花酒。

一九一二年冬天，曼殊开始去安庆高等学校教书，到一九一三年暑假前，又不去了。苏州、杭州流浪了几个月，上海南京路第一行台住了一时，结果，还是还到日本老家去。曼殊对河合仙亲子的感情是很浓厚的，所以常常到日本，总是找河合仙去。一九一四年到一九一五年，便整整的住了两年。这时候国民党失败，一般要人大都在日本，曼殊和孙中山先生及萧纫秋、杨沧白、居觉生、邵元冲、邓孟硕、田梓琴、戴季陶等都有来往，在他们的机关报、《民国》杂志上发表小说和随笔。章行严办《甲寅》，陈独秀办《新青年》，也都有曼殊的稿子发表。一九一六年还中国，一九一七年旧历闰二月，再去日本一次，匆匆还来，此时曼殊肠胃病已很重，时时发作，以后便不能再到日本了。这一年的秋天，和蒋中正、陈果夫同住上海白尔路新民里十一号。冬季进海宁医院，疗治不甚得法。一九一八年春天，移居广慈医院，终于一病不起。这一代的天才，就此脱离五浊世界而长逝。

曼殊的思想，是没有统系，不很健全的。在文学和艺术上，却都有相当的天才，不可磨灭。现在一部分的青年很热狂的崇拜他，而一般批评家不满意于他的却也很多。不过，在中国文学史上，我想总不好把曼殊的名字抹去吧，要是有一部完善的著作的话。

曼殊的作品，据他自己说，有《梵文典》八卷、《梵书磨多体文》《沙昆多逻》《法显佛国记惠生使西域记地名今释及旅程图》《泰西群芳名义集》《泰西群芳谱》《埃及古教考》《粤英辞典》《无题诗三百首》《人鬼记》《英译燕子笺》，现在都不知下落了。除《梵文典》八卷以外，究竟成书与否，也不得而知。《女子发髻百图》在伍仲文那里的失去了，据说是定本，在孙百纯那里的，一部分是铅笔所画，下注日文，简直看不清楚，也无从翻印。刘成禺家里有他的汉英、英汉两种辞典，现在移交给我，也是残缺不全。柳无忌收入《苏曼殊全集》中的，是诗集一卷，译诗集一卷，文集一卷，书札集一卷，杂著集二卷（包括《岭海幽光录》《燕子庵随笔》），译小说集二卷（包括《悲惨世界》《娑逻海滨遁迹记》），小说集六卷（包括《断鸿零雁记》《天涯红泪记》《绛纱记》《焚剑记》《碎簪记》《非梦记》），共十四种。这十四种中间曾经单行的，除诗集外，只有《悲惨世界》《断鸿零雁记》和《绛纱》《焚剑》的合刻本（即章行严名家小说之一）。《断鸿零雁记》有梁社乾的英译本、黄××的刻本，而严梦所做《曼殊的春梦》，也是以此《记》作为蓝本的。此外，还有《文学因缘》《潮音集》《拜轮诗选》《汉英三昧集》四种，都有单行本行世。

曼殊的作品经他人搜辑成书的，除柳无忌的《苏曼殊全集》《苏曼殊诗集》《曼殊逸著两种》（包括《岭海幽光录》《娑逻海滨遁迹记》）以外，有何女士辑《曼殊函谱》，蔡哲夫辑《曼殊上人妙墨册子》，柳亚子辑《曼殊遗迹》，王德钟辑《曼殊上人燕子庵遗诗》，冯秋雪辑《燕子庵诗》，沈尹默辑《曼殊上人诗稿》，周瘦鹃辑《燕子庵残稿》及《曼殊遗集》，段庵旋辑《燕子山僧集》，卢冀野辑《曼殊说集》，光华书局辑《曼殊诗集》《曼殊小说集》，金织云女士辑《曼殊代表作》，时希圣辑《曼殊小丛书》，共有十余种之多。我还想编一本《曼殊余集》，补《全集》的不全，可是至今还没有定稿。关于讨论曼殊各种问题的，有柳无忌的《苏曼殊年谱及其他》，很多《全集》以外的资料。

曼殊在沥溪的家庭是一个大家庭。当曼殊六岁还沥溪时，还有七十二岁的祖父瑞文，六十五岁的祖母林氏，现在自然都不在了。嫡母黄氏，是把曼殊带还沥溪的，她和河合仙的长子煦亭很接近。杰生死后，她便住在神户煦亭的家中，直到一九二三年阳历九月十一日，才殁于日本，年七十六岁。河合仙是杰生的第一个妾。她在横滨生产了煦亭后，曾经和小孩子一同到过沥溪，可是住不上三年，就把煦亭抛弃在杰生家中，而自己还日本去了。这和《断鸿零雁记》中三郎母子的情形相近似，也有人说煦亭并非杰生亲生，是油瓶之类，但煦亭自己是誓不承认的。河合仙从沥溪还日本后，才受杰生之托，把曼殊抚养起来，但最后还是和杰生闹翻，所以杰生还国的时候，便把她丢下了，她和煦亭的关系似乎也是很淡漠的，这简直有点莫名其妙。（有人说煦亭是河合仙的妹妹所生，而不是她自己亲生的儿子，这当然不能证明它确与不确。）她独居横滨，一九二三年阳历九月一日大地震，就做了牺牲品，年七十五岁。杰生还有第二第三两个妾，都姓陈，所以我把她们叫做大陈氏和小陈氏。小陈氏很可怜，一八九一年十九岁嫁给杰生，一八九七年二十五岁就死去了。这是杰生家族中和曼殊最没有关系的一个人。大陈氏据说很能干，河合仙几乎是被她撵走的，所以直到现在，煦亭讲到她还是很愤恨不平。煦亭油瓶的传说，是从她那里讲出来的（河合仙妹妹所生的传说，也是同一来源），煦亭却说她有意毁谤，想把煦亭逐出苏氏血统以外，来报复河合仙时代的旧怨，谁是谁非，我们当然不得而知了。（煦亭连杰生私通“贺哈嫁”而生曼殊的话也反对的，他坚执曼殊和他同是河合仙所出，而指大陈氏为造谣。这一点，我是相信大陈氏的，因为她无造谣的必要，难道她说曼殊不是河合仙所生，也是报复河合仙的旧怨吗？大概煦亭为人，封建意识很深，他对于家族方面不名誉的事情，是一律否认的。还有，曼殊出世时，他年纪还小，河合仙后来也一定不会告诉他，他当然弄不清楚了。）曼殊幼年住上海时，据说大陈氏对他很不好，颇有虐待的嫌疑。不过她却寿长得很，一九二九年我和曼殊从弟苏维翰通信时，她还健在，做了曼殊血统有力的证明人，这时候她已经是六十二岁的老人了，现在不知道还存在与否。杰生共有三个儿子：第一个苏焯，字子煊，别号煦亭，河合仙所出，一八七五年生，现在神户经营商业。第二个苏焜，是黄氏所出，一八七八年生，到一八八三年就死去了。第三个苏戬，便是曼殊。杰生还有六个女儿：第一个苏燕是黄氏出的，一八七二年生，据说幼年时对曼殊不大好，后适南屏乡容某。第二个苏祝龄，一八八六年生，适北三乡杨耀垣。第三个苏祝年，一八八八年生，适果福禄村杨善初。第四个苏惠芬，一八九〇年生，适梅溪乡陈介卿。第五个苏名齐，一八九五年生，不久死去。第六个苏惠珊，一九〇二年生，适芳湾乡李晋庠。自第二个到第六个，都是大陈氏出。煦亭生子绍贤，也是在神户做生意，杰生血统的男性后继者，现在要算是他了。绍贤的妹妹绍琼，神户同文学校学生，喜欢文学，尤嗜读曼殊的作品，传染了感伤主义的色彩，一九二八年阳历三月十日，突然厌世自杀，大家认为是很可惜的。曼殊有从兄维春、维翰，从弟维琭，都是杰生老弟德生的儿子。维春号静波，一八七七年生，一九一二年会从青岛到上海，访曼殊于太平洋报社。维翰号默齐，一八八三年生，一八九八年和曼殊同在横滨大同学校读书，一九〇三年同至东京，一九一二年又从沥溪到香港，送五百块钱给曼殊，并同拍了一张照片，他是杰生家里对曼殊最好的一个人，可惜他和维春都早死了。现在留下只有维騄，号怀彦，一八九五年生，他并没有看见过曼殊，不过他和大陈氏很接近，关于曼殊的血统问题和幼年事迹，都是他问了大陈氏而写出来寄给我的。在沥溪的苏氏，现在怕维騄是唯一的读书人了。

附录二　苏曼殊诗选

本事诗九首

无量春愁无量恨，一时都向指尖鸣。我亦艰难多病日，那堪更听八云筝。

丈室番茶手自煎，语深香冷涕潸然。生身阿母无情甚，为向摩耶问夙缘。

慵妆高阁鸣筝坐，羞为他人工笑颦。镇日欢场忙不了，万家歌舞一闲身。

桃腮檀口坐吹笙，春水难量旧恨盈。华严瀑布高千尺，未及卿卿爱我情。

乌舍凌波肌似雪，亲持红叶索题诗。还卿一钵无情泪，恨不相逢未剃时。

相怜病骨轻于蝶，梦入罗浮万里云。赠尔多情书一卷，他年重检石榴裙。

碧玉莫愁身世贱，同乡仙子独销魂。袈裟点点疑樱瓣，半是脂痕半泪痕。

春雨楼头尺八箫，何时归看浙江潮？芒鞋破钵无人识，踏过樱花第几桥？

九年面壁成空相，持锡归来悔晤卿。我本负人今已矣，任他人作乐中筝。

代柯子简少侯

小楼春尽雨丝丝，孤负添香对语时。宝镜有尘难见面，妆台红粉画谁眉？

淀江道中口占

孤村隐隐起微烟，处处秧歌竞插田。羸马未须愁远道，桃花红欲上吟鞭。

题师梨集

谁赠师梨一曲歌？可怜心事正蹉跎。琅玕欲报何从报？梦里依稀认眼波。

落　日

落日沧波绝岛滨，悲笳一动剧伤神。谁知北海吞毡日，不爱英雄爱美人。

为调筝人绘像二首

收拾禅心侍镜台，沾泥残絮有沉哀。湘弦洒遍胭脂泪，香火重生劫后灰。

淡扫蛾眉朝画师，同心华髻结青丝。一杯颜色和双泪，写就梨花付与谁？

调筝人将行嘱绘金粉江山图题赠二首

乍听骊歌似有情，危弦远道客魂惊。何心描画闲金粉，枯木寒山满故城。

送卿归去海潮生，点染生绡好赠行。五里徘徊仍远别，未应辛苦为调筝。

寄调筝人三首

生憎花发柳含烟，东海飘零二十年。忏尽情禅空色相，琵琶湖畔枕经眠。

禅心一任蛾眉妒，佛说原来怨是亲。雨笠烟蓑归去也，与人无爱亦无嗔。

偷尝天女唇中露，几度临风拭泪痕。日日思卿令人老，孤窗无那正黄昏。

失　题

斜插莲蓬美且鬈，曾教粉指印青编。此后不知魂与梦，涉江同泛采莲船。

题拜轮集

秋风海上已黄昏，独向遗编吊拜轮。词客飘蓬君与我，可能异域为招魂？

步韵答云上人三首

诸天花雨隔红尘，绝岛飘流一病身。多少不平怀里事，未应辛苦作词人。

旧游如梦劫前尘，寂寞南洲负此身。多谢素书珍重意，恰侬憔悴不如人。

公子才华迥绝尘，海天辽阔寄闲身。春来梦到三山未，手摘红樱拜美人。

无　题

何处停侬油壁车？西泠终古即天涯。捣莲煮麝春情断，转绿回黄妄意赊。玳瑁窗虚延冷月，芭蕉叶卷抱秋花。伤心怕向妆台照，瘦尽朱颜只自嗟。

为玉鸾女弟绘扇

日暮有佳人，独立潇湘浦。疏柳尽含烟，似怜亡国苦。

吴门依易生韵十一首

江南花草尽愁根，惹得吴娃笑语频。独有伤心驴背客，暮烟疏雨过阊门。

碧海云峰百万重，中原何处托孤踪？春泥细雨吴趋地，又听寒山夜半钟。

月华如水浸瑶阶，环珮声声扰梦怀。记得吴王宫里事，春风一夜百花开。

姑苏台畔夕阳斜，宝马金鞍翡翠车。一自美人和泪去，河山终古是天涯。

万户千门尽劫灰，吴姬含笑踏青来。今日已无天下色，莫牵麋鹿上苏台。

水驿山城尽可哀，梦中衰草凤凰台。春色总怜歌舞地，万花缭乱为谁开？

年华风柳共飘萧，酒醒天涯问六朝。猛忆玉人明月下，悄无人处学吹箫。

万树垂杨任好风，斑骓西向水田东。莫道碧桃花独艳，淀山湖外夕阳红。

平原落日马萧萧，剩有山僧赋大招。最是令人凄绝处，垂虹亭畔柳波桥。

碧城烟树小彤楼，杨柳东风系客舟。故国已随春日尽，鹧鸪声急使人愁。

白水青山未尽思，人间天上两霏微。轻风细雨红泥寺，不见僧归见燕归。

无题八首

绿窗新柳玉台傍，臂上微闻椒乳香。毕竟美人知爱国，自将银管学南唐。

软红帘动月轮西，冰作阑干玉作梯。寄语麻姑要珍重，凤楼迢递燕应迷。

水晶帘卷一灯昏，寂对河山叩国魂。只是银莺羞不语，恐防重惹旧啼痕。

空言少据定难猜，欲把明珠寄上才。闻道别来餐事减，晚妆犹待小鬟催。

绮陌春寒压马嘶，落红狼藉印苔泥。庄辞珍贶无由报，此别愁眉又复低。

棠梨无限忆秋千，杨柳腰肢最可怜。纵使有情还有泪，漫从人海说人天。

罗幕春残欲暮天，四山风雨总缠绵。分明化石心难定，多谢云娘十幅笺。

星裁环珮月裁珰，一夜秋寒掩洞房，莫道横塘风露冷，残荷犹自盖鸳鸯。

憩平原别邸赠玄玄

狂歌走马遍天涯，斗酒黄鸡处士家。逢君别有伤心在，且看寒梅未落花。

偶　成

人间花草太匆匆，春未残时花已空。自是神仙沦小谪，不须惆怅忆芳容。

东居杂诗十九首

却下珠帘故故羞，浪持银蜡照梳头。玉阶人静情谁诉，悄向星河觅女牛。

流萤明灭夜悠悠，素女婵娟不耐秋。相逢莫问人间事，故国伤心只泪流。

罗襦换罢下西楼，豆蔻香温语未休。说到年华更羞怯，水晶帘下学箜篌。

翡翠流苏白玉钩，夜凉如水待牵牛。知否去年人去后，枕函红泪至今留？

异国名香莫浪偷，窥帘一笑意偏幽。明珠欲赠还惆怅，来岁双星怕引愁。

碧阑干外夜沉沉，斜倚云屏烛影深。看取红酥浑欲滴，凤文双结是同心。

秋千院落月如钩，为爱花阴懒上楼。露湿红蕖波底袜，自拈罗带淡蛾羞。

折得黄花赠阿娇，暗抬星眼谢王乔。轻车肥犊金铃响，深院何人弄碧箫？

碧沼红莲水自流，涉江同上木兰舟。可怜十五盈盈女，不信卢家有莫愁。

灯飘珠箔玉筝秋，九曲回阑水上楼。猛忆定庵哀怨句，三生花草梦苏州。

人间天上结离忧，翠袖凝妆独倚楼。凄绝蜀杨丝万缕，替人惜别亦生愁。

六幅潇湘曳画裙，灯前兰麝自氤氲。扁舟容与知无计，兵火头陀泪满樽。

银烛金杯映绿纱，空持倾国对流霞。酡颜欲语娇无力，云髻新簪白玉花。

蝉翼轻纱束细腰，远山眉黛不能描。谁知词客蓬山里，烟雨楼台梦六朝。

胭脂湖畔紫骝骄，流水栖鸦认小桥。为向芭蕉问消息，朝朝红泪欲成潮。

珍重嫦娥白玉姿，人天携手两无期。遗珠有恨终归海，睹物思人更可悲。

谁怜一阕断肠词？摇落秋怀只自知。况是异乡兼日暮，疏钟红叶坠相思。

槭槭秋林细雨时，天涯飘泊欲何之？空山流水无人迹，何处蛾眉有怨词？

兰蕙芬芳总负伊，并肩携手纳凉时。旧厢风月重相忆，十指纤纤擘荔枝。

芳 草

芳草天涯人似梦，碧桃花下月如烟。可怜罗带秋光薄，珍重萧郎解玉钿。

集义山句怀金凤

收将凤纸写相思，莫道人间总不知。尽日伤心人不见，莫愁还自有愁时。

以胭脂为某君题扇

为君昔作伤心事，妙迹何曾劫火焚？今日图成浑不似，胭脂和泪落纷纷。

晨起口占

一炉香篆袅窗纱，紫燕寻巢识旧家。莫怪东风无赖甚，春来吹发满庭花。

春　日

好花零落雨绵绵，辜负韶光二月天。知否玉楼春梦醒，有人愁煞柳如烟？

题静女调筝图寄包天笑

无限春愁无限恨，一时都向指间鸣。我已袈裟全湿透，那堪更听割鸡筝。

佳　人

佳人名小品，绝世已无俦。横波翻泻泪，绿黛自生愁。舞袖倾东海，纤腰惑九州。传歌如有诉，余转杂箜篌。

碧阑干

碧阑干外遇婵娟，故弄云鬟不肯前。问到年华更羞怯，背人偷指十三弦。

莫愁湖寓望

清凉如美人，莫愁如月镜。终日对凝妆，掩映万荷柄。

樱花落

十日樱花作意开，绕花岂惜日千回。昨宵风雨偏相厄，谁向人天诉此哀？忍见胡沙埋艳骨，空将清泪滴深杯。多情漫作他年忆，一寸春心早已灰。